DARIA BUNKO

東京センチネルバース -摩天楼の山狗-

鴇 六連

ILLUSTRATION 羽純ハナ

ILLUSTRATION
羽純ハナ

CONTENTS

用語解説

センチネル　(Sentinel)

視覚・聴覚・嗅覚・触覚・味覚の五感が超発達した異能者。常人の身体能力を超越した肉体は、獣身化も可能。しかし能力を自己制御できず、ガイドのコントロールがなければ五感が暴走する危険がある。日本には約300人のセンチネルが存在し、能力の強さにより17階級に分けられている。

ガイド　(Guide)

共感力と読心力を持つ異能者。センチネルの強大な能力をコントロールできる唯一の存在。身体能力は常人と同等で、獣身化できないが、ごく稀に例外がある。日本には約200人のガイドが存在し、能力の強さにより11階級に分けられている。

五感の暴走やゾーン落ちに脅かされているセンチネルは本能的にガイドを求める。縄張り意識が強いため自分以外のセンチネルを嫌い、ガイドたちのことは甘やかす傾向がある。

伴獣（ばんじゅう）

異能者の精魂が動物の形となってあらわれたもの。常人の前では、姿をあらわしたり消したりすることができる。肉食動物・草食動物・爬虫類・鳥類・昆虫・神獣まで、伴獣の姿は異能者の力の強さや性格によって異なる。異能者（主にセンチネル）が伴獣に変容することを〝獣身化〟と言う。

PCB

センチネルとガイドが属する組織の略称。世界中に点在するＰＣＢ本拠地ビルを〝タワー〟と呼ぶ。

階級（クラス）

センチネルは9A〜1Bの17階級に、ガイドは7A〜1Bの11階級に分けられる。センチネルの9クラスと8クラスは稀少。5クラス以下は細かく分けられておらず、Bのみ。

制御アクセサリ

センチネルの発達しすぎた五感を抑えるためのアイテム。眼鏡・ヘッドホン・マスク・手袋・煙草など多種類ある。ガイドの能力が必要不可欠な高位のセンチネルにとっては、一時凌ぎの道具でしかない。

ノイズ

センチネルが異能の力を使うたび発生し、精神や体内に溜まっていく不快物質。五感の暴走やゾーン落ちを引き起こす。ノイズを除去できるのはガイドのみ。

ゾーン落ち

能力の酷使によって五感が暴走し、痙攣や錯乱、野生化、昏睡状態に陥ること。センチネルが克服し得ない、唯一最大の弱点。ガイドの適切なガイディングとケアがなければ精神崩壊して死に至る。

ケア

ガイドがセンチネルの心身に溜まったノイズを取り除く行為。センチネルはガイドと触れ合うことで精神・肉体・能力が安定し、五感の暴走やゾーン落ちを回避できる。

ガイディング

ガイドが、ゾーン落ちしたセンチネルの精神に入り込んで現実世界へ連れ戻す行為。ガイディングに失敗すればセンチネルとガイドともに精神崩壊をきたす危険があり、ガイドに強い精神力が要求される。

契約（ボンド）

センチネルとガイドが〝つがい〟になること。契約が成立するとガイドの左手の薬指に模様（＝センチネルの所有の証）が浮かび上がる。模様がある間、センチネルはつがいのガイドのケアとガイディングしか受け付けなくなり、ガイドもつがい以外のセンチネルたちを制御できなくなる。

誰とも契約せず、ケアやガイディングをビジネスとしているガイドも存在する。

獣身化と野生化の違い

獣身化

センチネルが自身の意思で伴獣と一体化すること。
姿をあらわしたり消したりできる。

野生化

精神の乱れや激怒により、勝手に伴獣に変容してしまうこと。
姿を消すことができなくなる。
適切なガイディングを受けなければ人間に戻れない。
野生化はセンチネルにとって忌むべき現象。

東京センチネルバース -摩天楼の山狗-

序

三月中旬、東京《とうきょう》都内。深夜一時二十分。

日本一の高さを誇る電波塔のライティングは零時ちょうどに終了し、今は時計光が周回するばかりだった。第二展望台よりさらに上、地上約五百メートルにあるゲイン塔の根元部分は薄暗い。侘助《わびすけ》は今夜も山狗《やまいぬ》の姿でそこに立っていた。

電波塔の天辺は常時、風が吹いている。狼に似た体躯や長い尾を覆う銀色の獣毛が、夜風になびく。

異能者〝センチネル〟は高所を好む傾向があると教えられた。侘助も然《しか》りで、高ければ高いほどいいと思う。夜が深くなるにつれて猥雑さを増す歓楽街の光を下から受けるのはいつものことだった。

侘助は、すん、と鼻を鳴らす。

春特有の、花香を含む冴えた夜気の中から真幌《まほろ》の匂いを嗅ぎ分ける。

「……、っ」

たまらなく甘い匂いに、ばっと獣毛が逆立った。七年近く耐えてきたが限界はとうに超えている。超発達した五感のすべてが真幌を求めて暴走しそうになる。天を仰ぎ、遠吠えを放った。

オォ――――……。

山狗の長鳴きは――獣身化したセンチネルの声は、常人の耳には届かない。しかしセンチネルの対である〝ガイド〟なら、離れていても存在や声を感じ取ることができる。

佗助はふたたび長く鳴き、直後に目を見開いた。透視能力を持つ金色の瞳はビル群を貫いて十数キロ離れたマンションを透かし視《み》る。

マンションの一室で熟睡する真幌のまつげが、山狗の遠吠えに応じて震えた。

――明日か……明後日か。

佗助が〝センチネル〟と呼ばれる異能の力に目覚め、山狗の姿を得たのは、十三歳の初夏だった。そして今夜、真幌から〝ガイド〟の匂いがあふれ始めている。覚醒が近い。

――本当に、もう、すぐだ。……真幌。

七年ものあいだ待ちつづけた瞬間がようやく訪れる。

約束通り、真幌を迎えに行く。佗助は覚醒を促すための遠吠えをまたひとつ放った。

1

「いらっしゃいませ！」

ドアベルがカランカランと鳴って、美容師アシスタントの小泉《こいずみ》真幌はロッドを丁寧に巻きながら明るい声で迎えた。

パーマの施術を一旦止め、顔馴染みの女性客にファッション雑誌を手渡して伝える。

「申し訳ございません、少しだけお待ちくださいね」

「はーい」

軽やかに答えてくれた女性客と鏡越しに微笑み合い、真幌は受付カウンターへ向かった。

東京二十三区の端にある美容室〝Biotope《ビオトープ》〟は、近隣住民に大切にされ、小規模ながらも客数が多い。

オフホワイトの天井と壁に、落ち着いた色合いのスモークオークの床。ミラーフレームや飾り棚などは差し色のブルーグレーで統一されている。居心地のよさを追求した店内にはモンステラやオーガスタの瑞々しい葉が揺れ、会話の妨げにならない音量のヒーリングミュージックが流れる。そして待合スペースには、店名にもなっている、睡蓮鉢《すいれんばち》で作った小さなビオトープがあった。

オーナー夫妻はふたりともスタイリストで、真幌は一年前、新卒で〝Biotope〟に入社した。

「いらっしゃいませ、こんにちは」

「あ……ども。なんか、髪すげえ伸びた気がして。特に耳のあたり」

「わかります、耳に少しかかっただけでも気になりますよね」

照れくさそうに髪をいじるこの大学生も常連客だった。笑顔で言葉を交わし、預かった上着をクローゼットに仕舞う。

卒業式や入学式、新年度の準備が重なる三月は、美容室の繁忙期だ。ありがたいことに新規客も増えている。四人のスタイリストと真幌だけでは〝Biotope〟が理想とする丁寧なサービスの提供が難しくなったため、オーナーは今年もスタッフをひとり採用した。

約二週間後の四月一日に新卒アシスタントが入社する。そして同日、真幌はスタイリストになることが決まっていた。

入社一年でスタイリストデビューは異例の早さだと思う。しかし真幌には一日でも早くスタイリストになりたい特別な理由があり、ふたりの先輩から知識や技術を学び、反復練習に励んで、休日を使って外部講習会にも参加してきた。

その努力が認められ、スタイリスト昇格を伝えられたとき、喜びのあまりオーナーの前でしっかり泣いてしまった。

『泣くぐらい喜んでくれるなんて私たちも本当に嬉しいよ。小泉君はこの一年、よくやってくれたものな。スタイリスト業務に加えて、新人アシスタントのフォローと、四月からはもっと忙しくなるよ。よろしくね』

『はい！　頑張りますっ、よろしくお願いします！』

これでやっとあの子の綺麗な髪をカットできる――幼馴染みとの再会と、美容師として彼の髪を切る日を心待ちにしながら、真幌は毎日気合いを入れて店に立っている。

「すぐに瀬戸《せと》が参りますので、どうぞおかけになってお待ちください」

大学生に待合スペースのソファを勧めて受付カウンターを離れ、こちらに歩いてきている先輩スタイリストの瀬戸に伝えた。

「三時からご予約のお客さまがお越しになりました」

「ありがとう。小泉くん、カラーの準備お願いしていい？　今やってるパーマ巻き終わったあとで間に合うよ。だから焦らず丁寧に、でも手際よくね」

優しいだけではなく、気が引き締まるひとことを必ず添えてくれる瀬戸に「はいっ」と返事をして女性客の座席へ戻った。

「お待たせしました。どこか引っ張られて痛いところはありませんか？」

「大丈夫だよ」

「では巻いていきますね」

清潔感と動きやすさを重視し、指輪やブレスレットは控えること——〝Biotope〟には身だしなみに関する大まかな決まりがある。

今日の真幌の服装は、ゆったりしたシルエットの五分袖カットソーと、細身のアンクルパンツ。前下がりのショートボブヘアはオリーブアッシュに染めたばかりだった。アクセサリーはインペリアルトパーズの小さなピアスのみ。腕時計とブレスレットの重ねづけに憧れた時期もあったが、美容専門学校に入って実習が増えるうちに自然となにもつけなくなった。

真幌がロッドとペーパーを手に取ると、女性客はさっそくファッション雑誌から目を離してお喋りを再開する。

「じつはね、このあと彼と会うの。パーマかけること言ってないからびっくりするかも」

「そうだったんですね、気合い入れて可愛く巻きます！」

「ありがとう、嬉しい。今日は会う予定じゃなかったんだけど……、——近所で起きてる連続強盗のせいで心細くなって……。すごく怖いよね。犯人はナイフを持ってて、切られた人もいるみたい」

「今朝ネットニュースをちらっと見ました。たしか、昨夜で四件目……犯人まだ捕まってませんよね」

「うん。しかも、どんどんこっちに近づいてきてるんだよ。だから相模原《さがみはら》の彼の家に泊めてもらおうと思って」

「早く逮捕してほしいですね……でも彼氏さんと一緒なら安心です」

「ほんとに早く捕まえてほしいよ。もーっ、警察はなにをしてるんだろ。〝ＰＣＢ〟は動いてないのかなぁ？」

美容師との会話を憂鬱に思う客は一定数いて、そういうときは無理に話さない。

黙っていても居心地よく過ごせることを真幌に教えてくれたのは、ふたつ歳下の寡黙な幼馴染みだった。

しかし女性客はお喋り好きで、豊かな話題に真幌も楽しく相槌を打っている。和菓子づくりの体験レッスンの話から始まり、昔の名作映画のリバイバル上映を友人と観に行った話に移り、区内で起きている連続強盗事件のことを言って今また別の話になった。

「あっ、すごい、〝ＰＣＢ〟こんなところにも載ってる！」

お喋りに気を取られて雑誌を捲《めく》るだけになっていた女性客だが、モノクロページに目を留め、嬉しそうに訊《き》いてくる。

「ねえねえ、昨日の夜〝ＰＣＢ〟の新しい画像アップされたの、見た？」

「そうだったんですか？　何時くらいですか？」

「昨日は早めだったよ、十時半くらい。場所は新宿《しんじゅく》」

「えぇっ……、その時間は家で片づけをしてて、何回かスマホ見たんですけど……。見逃してしまったみたいです」

「そうなんだぁ……久しぶりにアップされたのにね。今回もトレンドに入るころには画像消されちゃったもんね……」

削除されるのは画像が本物というなによりの証拠で、希少な一枚を見落としたことを、女性客は真幌よりも残念がってくれた。

彼女が先ほどから口にしている〝ＰＣＢ〟――それは人々のために社会秩序を守りながらも、実態を明らかにしない謎の集団のことを指す。

帰宅中に襲われた女性が無傷でＰＣＢに助けられた経験談や、ひったくり犯がその場で失神させられた目撃情報は数知れない。麻薬摘発中のナイトクラブや暴力団の抗争現場に姿をあらわすこともあるという。しかし、どれほど多くの人がＰＣＢの活動を目の当たりにしても、犯人逮捕や一斉検挙をおこなうのは警察だった。そのため彼らは警察と深い関わりがあるのではないかと噂になっている。

ＰＣＢは一九七〇年代に存在が確認され、ごく一部のオカルトマニアだけが追いかけていたが、テレビ番組で取り上げられ一気に知れ渡った。さらに、十数年前のＳＮＳの普及とともに全世界へ爆発的に広まり、酷似した集団が諸外国にもあることが明らかになった。

ただ、存在が発見できただけで実態はわかっていない。

彼らが着ている制服らしきものに【ＰＣＢ】のロゴを確認して以降、その呼びかたがおのずと浸透していった。過去、なんの略か調べることが一時的なブームとなり、視聴者から正式名称を募集するバラエティ番組が放送されるほど過熱したが、結局、不詳のまま現在に至っている。

ＰＣＢと思《おぼ》しき人物の撮影に成功しても、キャップやフードを目深に被ったりマスクで覆ったりしているから顔は見えない。そして、スクープと言うべき写真や映像が、なぜかことごとく消えてしまう。

ＰＣＢの情報だけが消える原因は不明で、テレビ局と新聞社が騒ぎだし、カメラ製造会社や映像機器メーカーを巻き込む大騒動へ発展した。しかしこれは真幌が生まれるよりずっと以前の話で、今はずいぶん様変わりしている。

『ＳＮＳに載せた画像だけでなくスマートフォン内の画像もＰＣＢによって確実に消去される』『たとえスクリーンショットでもＰＣＢが映っていれば消される』――現在はこれらが一般的な感覚になっていて、問題視する声はかなり小さい。各企業も、一部機能の不具合として謝罪文を公式サイトに掲載する程度だった。インターネットにアップロードした画像や動画が削除されるまでどのくらい持つかなど、ゲームとして楽しむ者もいると聞く。

それらしく見えるよう加工したフェイク画像は放置し、本物の画像だけを的確かつ徹底的に削除する――確たる情報をなにひとつ残さないＰＣＢは、超常的な力を持った集団と噂され、世間の関心を集めつづけていた。

そして彼らが超常集団と呼ばれる理由に〝人間離れした驚異的な身体能力〟があった。

「私、オカルト系は苦手だけどＰＣＢだけは別。超高いビルからビルへジャンプしたり、何メートルも上からおりてきたり、一瞬で姿を消すとか、ＰＣＢの人たちってすごいよ……超能力っぽいの持ってないとできないよね？」

「僕も超能力や幽霊は信じないタイプなんですけど、すごく単純なので、もし目の前でＰＣＢの人がパッて消えたら一発で信じ込んじゃいます」

「あはは っ……」

小さな声を立てた女性客と、鏡越しに笑い合う。

先日も【未確認飛行物体ＵＦＯの正体特定できず】というニュースがあったばかりだ。最先端の科学や技術を使っても解明できないことって、意外とたくさんありそうだな――真幌は休まず手を動かし、考える。

女性客はＰＣＢのことをまだ話したそうで、真幌はロッドに輪ゴムをかけながら訊《たず》ねた。

「昨夜の画像はどんな感じでしたか？」

「それがねぇ、せっかく近くで撮れてたのにブレブレだったの。顔が見えないのはいつものことだけど。被ってるフードから長い髪が出てたよ。スラッとしてて黒いロングコートと黒い手袋が似合ってて、モデルさんみたいだったなぁ。あの人たちが着てる服ってすごくかっこいいよね」

ＰＣＢの存在の発見から半世紀以上が経つ。時代の流れとともに忘れ去られそうなものだが、なおも話題は絶えず、彼らを追うツールはテレビからインターネットへ完全に移行した。

一晩眠って起きればトレンドワードが総入れ替えになっている、この忙しない現代の日常に、PCBは時折あらわれ、SNSを賑わせては消えることを繰り返していた。

ファッション性の高い制服、超人的な身体能力、現行犯の身柄確保――無断でデータを消去する正体不明の集団だが、それでも人々はPCBに好印象を抱いている。アイドル視する若者も多く、PCBの制服のデザインに似たアウターが販売されることもあれば、ファッション雑誌などで特集が組まれることもあった。

真幌もPCBに対して世間並みの好感を持っている。友人たちと一緒にSNSで画像を発見し、それが消えた瞬間を見て大いに盛り上がったことを思い出す。

大阪府《おおさか》や愛知県《あいち》をはじめ、全国各地でその姿が確認されているが、東京都内での目撃件数が最も多い。先ほど女性客が『〝PCB〟は動いてないのかなぁ?』と言った通り、彼らが連続強盗犯を捕まえてくれるのではないかと、期待したくもなる。

女性客が、ファッション雑誌のモノクロページの特集記事を読み上げた。

「これよく聞くよね、『世界中に存在する謎の超常集団PCB。その発祥地はソロモン諸島か古代都市チチェン・イツァか』――って、根拠のないウワサ!」

「誰が言いだしたんでしょうね、どっちもそれっぽいです」

当然、写真はなく、よく似た雰囲気のイラストが載っていた。

「正体不明の不思議な集まりだけど、かっこよくてオシャレっていうのがいいよね」

「はい。……あ、不思議といえば、昨夜、少しＰＣＢっぽい不思議な夢を見て――」

「どんな夢っ？」

なにげなくつぶやいたそれに女性客が被せぎみに訊いてくる。真幌は慌てて「やっぱり不思議じゃないかもしれません」と言い足した。

「店のスタッフたちにも『ＰＣＢっぽくない』って言われましたし……けど、話してもいいですか？」

「ぜんぜんいいよ、聞きたい」

「電波塔の天辺に……展望台よりもっと上の、一般人は入れないところです。――そこに銀色の大きな狼みたいなのがいて、遠吠えしてる夢でした。ＰＣＢってビルの屋上に立ってたり、高いところからおりてきたりするイメージがあって、それっぽいかなって……」

「電波塔の天辺に銀色の狼？　かっこいい！」

瞳をきらきらさせる女性客は素直で可愛らしい。真幌は微笑み、最後のロッドを巻きながらつづきを話す。

「夢って起きたら忘れてることが多いじゃないですか。でも昨夜の夢はやけにリアルではっきり憶えてたので、出勤してすぐスタッフに話したんです。そしたら『ぽくない』って言われちゃいました」

「そんなことないよ、警察犬がいるくらいだもん、ＰＣＢにも犬とか狼とかいるかもしれない。首輪してなかった？　オシャレなプレートに〝ＰＣＢ〟って入ってるかも、また同じ夢を見たらチェックしといて」

「あははっ、本当ですね。わかりました、次はしっかりチェックします」

すべてのロッドを巻き終え、パーマ剤を染み込ませていく。浸透させるのに十五分を要するため、別の雑誌と飲み物を用意した。

真幌はてきぱきと動く。タブレットで電子カルテを表示し、カラー剤の色番号を確認して調合する。スタイリストたちの邪魔にならないよう、床に散らばった髪の毛を掃き集め、そのあとはオーナーがおこなうヘアカラー施術のサポートに入った。

担当スタイリストの瀬戸が、女性客のパーマチェックをして「オーケーです」と伝えてくれる。真幌はシャンプーを施し、ブローからはふたたび瀬戸に交代した。

〝Biotope〟では担当者が会計と見送りをするのだが、瀬戸に「お会計お願いします」と伝えられた真幌は、受付カウンターに立って決済のやりとりをした。

瀬戸は女性客にスプリングコートを着せ、最後にもう一度ヘアスタイルを整える。そうしてタイミングを見計らい、話しかけた。

「小泉、四月一日にスタイリストデビューするんです」

「えぇっ！　そうなの？　おめでとう！　もうっ、どうして黙ってたの、言ってくれたらよかったのにー！」

「すみません。お伝えしようと思ったのですが、その、照れてしまって……」

本当に照れくさくて頬が熱くなった。女性客は真幌の赤い顔を見て笑ったあと、遠慮がちに訊ねる。

「ずっと瀬戸さんにしてもらってきたけど……、小泉さんを指名しても、いいの？」

「え、っ……」

驚いて瀬戸を見ると、その言葉を待っていたとばかりに微笑みを返してくれる。

「ぜひ。小泉を指名していただけたら嬉しいです」

「うんっ、じゃあ次から指名するね！　今日のパーマもすごく気に入ってるし」

「ありがとうございます！　今後もどうぞよろしくお願いします！」

思いがけない嬉しい出来事に、ビシッと背筋を伸ばして勢いよく頭を下げた。

笑顔の女性客が、小さく手を振って出て行く。

きらきらした姿や爽やかになった後ろ姿を見送る時間が、真幌はとても好きだった。

大切な幼馴染みのために目指した美容師は、想像していたよりも自身に合っていて、この仕事を選んでよかったと思う。

「瀬戸さん。本当にありがとうございます」

指名変更のきっかけを作るために『お会計お願いします』と言ってくれた瀬戸へ、真幌はペこりと礼をする。

「小泉くんは聞き上手で話し上手だし、会話がない時間もお客さまがリラックスしてるのが見ててよくわかるからね。すぐ御指名をいただけるようになると思うよ。四月から大変になるけど、頑張ろうね」

「はいっ！」

感謝を籠《こ》めて返事をしたとき、ふたたびドアベルがカランカランと鳴り、真幌は瀬戸と一緒に「いらっしゃいませ！」と出迎えた。


営業終了後、ひとり残ってカット練習に専念し、二十二時ちょうどに店舗を出た。

三月中旬の夜は仄《ほの》かに冷える。

プライベートに切り替わった途端、なぜか銀色の狼が思い浮かんできた。そして今朝からつづく悪寒とわずかな頭痛が、ふたたび気になりだした。仕事中は完全に忘れることができていたのに。悪寒も頭痛も、夢の中の狼に呼び起こされたような感覚になって、真幌は首をかしげる。

狼に特別な記憶や感情はない。本来ならとっくに忘れているただの夢なのに、どうして何度も思い出すのだろう。寒気に肩をすくめながらフルジップブルゾンを上まできっちり閉め、買いたてのクロスバイクを走らせた。

夜の風に乗って、どこからともなく花のいい香りが漂ってくる。

真幌は一昨日と昨日の連休を利用して実家から引っ越したばかりだった。

これまで電車通勤をしていたが、引っ越すなら自転車で通勤できる距離がいいと思い、

〝Biotope〟の近くの賃貸マンションに決めた。築年数はかなり古いものの、二間《ふたま》ある部屋はどちらも広くて、なにより家賃の安さが気に入っている。

夜にこの道を通るのは初めてだった。マンションより戸建てが多く、ワンッ、ワンッ、と異なる方向から犬たちの吠える声がして、ウォ――……という長鳴きも聞こえてきた。

「……あ。わかった、これだ」

納得のいく理由が見つかって嬉しくなる。電波塔の天辺で銀色の狼が遠吠えする夢を見たのは、睡眠中も犬の鳴き声を聞き取っていたからだ。

理由がわかればすぐ気にならなくなった。今朝、目が覚めたときから始まった悪寒と頭痛も、狼の夢は関係ない。季節の変わり目に罹《かか》る軽い風邪か、引っ越し作業による疲れだろう。

犬たちがたくさん吠える夜はまた同じ夢を見るかも――真幌は呑気に考えて自転車を漕いでいく。

自宅近くのコンビニエンスストアに寄り、唐揚げ弁当と緑茶のペットボトルと、明日の朝のために野菜ジュースと惣菜パンを買って帰宅する。家のドアを開けて、無造作に積み上げた段

ボール箱が見えたとき、ブルゾンのポケットに入れている携帯電話が震えた。

誰からの電話かを確認し、ふっと笑ってスマートフォンを耳に当てる。

「もしもし？　今ちょうど家に着いてドアの鍵を閉めたとこ。もしかして見えてんの？」

『そうよ、見えてるわよ～』

いつものゆるい調子で話すのは母親だ。真幌がひとり暮らしを慌ただしく開始したのは、両親が山形《やまがた》県にある母親の実家へ移住したからだった。

電子部品メーカーの優良セールスマンだった父親は、五十代なかばでその地位をあっさり手放した。そして畑仕事とゴルフと海釣り、悠々自適の生活を始めている。

少し寂しいが、母方の祖父が亡くなってからは『真幌の仕事が軌道に乗ったら母さんの田舎へ帰るぞ』と父親に宣言されていたし、夜遅くまで働き詰めだった両親にゆっくりしてほしいという気持ちが勝る。

テレビや冷蔵庫をはじめ、ほとんどの家電は使っていたものを譲ってもらったから、ひとり暮らしを始める際の大きな買い物は洗濯機とクロスバイクだけだった。

ローテーブルにレジ袋を置いてガサガサと音が鳴ると、母親がすかさず言ってくる。

『コンビニのお弁当でしょ。新品の炊飯器あげたのに』

「鋭いなぁ。ごはん作る余裕なんかまだぜんぜんないよ。区役所へ行って、掃除して家電つないで、棚を組み立てたら連休が終わっちゃった。そっちはどう？　荷物は片づいた？」

『もう普通。お父さんは二日連続で釣りへ行ったよ。今日は立派なアイナメ釣ってきてね、今晩いただいたとこ。いやー、おいしかったなぁ』

「えーっ、うらやましい！」

『真幌もこっちで美容室したらいいじゃない。綺麗な空き店舗あるよ、お金出してあげるってお父さん言ってたしー』

「素敵だと思うけど、いくらなんでも気が早すぎるよ！　まだスタイリストデビューもしてないのに」

『あらら、デビューまだでした？』

「まだです。四月一日からです」

金銭に頓着しないマイペースな父親と、底抜けに陽気な母親に真幌は笑う。背負っているリュックをおろしながら訊ねた。

「おばあちゃん元気？　声が聞きたいな、代わってよ」

すると母親は笑い声交じりに『元気だけどさすがにこの時間はもう寝てる』と言った。

「ははっ、そうだよね。次はおばあちゃんが起きてるときに電話してきて。すごく忙しくなるから出られるかわかんないけど」

『はーい。体調に気をつけて、困ったことができたら連絡してね』

「うんっ、ありがとう。じゃあ、また。おやすみ」

楽しく話し終えて電話を切ると、静けさがやけに気になった。

急いでテレビをつけて音量を上げる。

「……」

帰宅中より寒気がひどくなっていて、ブルゾンの上から腕をさすった。

鈍い頭痛もつづいている。スタイリストデビューを控える今は体調を崩していられない。手を洗ってブルゾンを脱ぎ、昼休みにドラッグストアで買っておいた風邪薬をリュックから取り出して、唐揚げ弁当を食べ始めた。

観たい番組はなく、画面をぼんやり眺めながら物思いに耽る。

――せっかくスタイリストになれるのに。

一番に髪を切りたい相手は、どこでなにをしているのかわからない。真幌は一昨日も昨日も思い出した彼について、今日もまた考えを巡らせる。

「まったく、いったい誰のために頑張ったと思ってんだ。どこにいるんだよ。佗ちゃん」

斑目《まだらめ》佗助――ふたつ歳下の寡黙な幼馴染みは、同じ敷地内の別棟のマンションに住んでいて、物心がついたころからいつも一緒だった。

誕生日は同じ六月。佗助が十七日で真幌が十九日だから、あいだの六月十八日にふたりの誕生日会をするのが恒例になっていた。

小学校と幼稚園で離ればなれになるとわかったとき、佗助は唇を噛んで静かに耐え、真幌は佗助に抱きついてわんわん泣いたらしい。さっぱり憶えていないし、母親のことだから面白可笑《おか》しく言っているのだろうけれど。

佗助は真幌の話にうなずくばかりの、本当に物静かな子だった。ふと見せてくれる笑顔がたまらなく可愛くて、真幌は佗助に笑ってほしくて夢中で喋っていた。

佗助が小学校に上がると毎日手をつないで登下校し、放課後もふたりで近所を探検したり、友人たちを含め大勢でサッカーや野球などをして遊んだりした。

しかし、佗助が八歳のときに不思議な変化が生じ始める。

黒髪に多量の白い髪が交ざり、瞳が時折金色に変わるようになったのだ。真幌は、煌《きら》めく金色の瞳をとても綺麗だと思ったから、なぜ同級生や周囲の大人までもが佗助を避け始めたのか理解できなかった。

仲間外れにされても、髪と瞳の色をからかわれても、佗助は黙って我慢していた。つらくて悲しいと、真幌には伝えてほしいのに。

佗助はますます内向的になり、美容室へ行くのを嫌がって、伸びた髪を『切って』と頼んでくるようになった。

『そんなのできないっ、佗ちゃんにケガさせたくないもん！　いっしょにお店へ行こうよ、お母さんにお願いしたら連れてってくれるよ』

そう言っても佗助はかたくなに首を横に振り、ついには鋏《はさみ》を持って自分で髪を切ろうとした。

慌てて鋏を奪い取った真幌は、勇気を出して髪をゆっくり切っていく。本当に下手で毛先もガタガタで、また同級生たちに悪口を言われるのではないかと泣きそうになった。けれど、普段は表情を変えない佗助が、真幌に向かってにっこり笑ってくれた。

『まほろ、ありがと』

笑顔を見たときの胸の高鳴りと、うまく切れなかった悔しさが忘れられない。大切な幼馴染みの髪をきちんとカットできるようになりたくて美容師を目指したというのに。

佗助は、ある日を境に姿を消してしまった。

最後に会ったのは真幌が十五歳の、七月初旬の夜――。四月に長野《ながの》県の全寮制中学校に入学した佗助が、なぜか突然、真幌の部屋の窓辺にあらわれた。デスクライトだけをつけてテスト勉強をしていた真幌は、驚愕のあまり椅子から転げ落ちた。

『どっ、どうやって来たの⁉　ここ五階……！』

ラグマットに座り込んだまま佗助を見上げる。成長前の身体《からだ》はまだ細く、身長が真幌より低いのも変わらない。

だが、黒と白が交ざっているはずの髪は真っ白に変貌していた。デスクライトの淡い光を受けて銀髪のようにも見える。そして、真幌へまっすぐ向けられた瞳は完全な金色に染まっていた。

真幌が違和感を覚えないのは、髪と瞳の色が徐々に変わる様子をずっとそばで見てきたからだ。この容姿が中学校の同級生や教師に受け入れられているか心配になった。

『中学はどう？ 寂しくない？ 僕は佗ちゃんがいなくてすごく寂しいよ』

佗助と両親のあいだに修復できない隔たりがあることは、もうわかっていた。他県の全寮制中学校への進学が、彼の意思ではないことも。

『スマホ持ってないよね？ 僕もまだ買ってもらえてない。どうしたら電話で話せる？ 僕から電話したいけど、寮は難しいよね。佗ちゃん電話かけられる？ 寮の中に公衆電話みたいなの、ある？』

佗助は黙って眉をひそめる。憂いに満ちた表情は、十三歳の少年のものとは思えなかった。

質問攻めにしてしまったと気づき、真幌は照れ隠しに笑って立ち上がる。

『ごめん、ゆっくり話せばいいのにね。久しぶりに会えたのが嬉しくて、つい。そこ危ないよ、早く部屋に入って。晩ごはん食べた？ まだなら台所へ行こ――』

『真幌のこと、必ず迎えにくる』

『えっ？ ……ちょっと、佗ちゃん？ どこ行くのっ、待ってよ！ 危ないから！』

窓枠を蹴った佗助が上へ向かったように見えて、急いで窓に駆け寄る。しかし見上げても下を確認しても、あたりを見渡しても人影はなく、初夏特有の湿った夜風が吹くばかりだった。

ひとことだけを残して、いなくなってしまった佗助。

また数か月、会えないかもしれない。そんな寂しい予感がした。だが現実は予感を遥かに上まわる。その後、佗助は全寮制の中学校から転校したと聞かされた。当時の真幌に彼の行方を追う力はなく、完全に音信不通となってしまった。

「――六年……もうすぐ、七年だよ。どうなってるの……」

再会が叶わないまま、真幌は二十一歳、佗助は十九歳になった。

中高生という最も多感な時期に、そばにいられなかったのは本当に嫌だった。しかし彼の両親とも連絡が取れなくなり、真幌は佗助の言葉を信じて待つしかなかった。

十九歳ともなれば同年輩も大人の分別がついて、敬遠されることはなくなったはずだ。それを切に願っている。

「いい大学に行ってるかな。小さいころから賢かったし」

綺麗な顔立ちの少年は、どんな青年になっただろう。たぶんファッションには興味がなくて、でも周囲と異なる容貌をひどく気にしていたから、今はカラーコンタクトレンズをつけたり、髪の色を変えたりしているかもしれない。

「べつにカラーリングしててもいいんだけど。……けど」

真幌にさせろと言いたかった。誰のために美容師を目指したと思っているんだ――堂々巡りに陥りかけながら、金色のピアスに触れる。

ピアスホールは高校を卒業した日に開けた。佗助の綺麗な瞳が忘れられなくて、金色のインペリアルトパーズのピアスを迷わず選んだことは、再会しても照れくさくて言えない気がする。

――もしかして……彼女、できてたり、して。

ふいに思いつき、むっとしてしまう自分は心が狭いだろうか。

高校の三年間はアルバイトに明け暮れ、専門学生のときは授業や実習についていくのに必死で恋愛どころではなかった。付き合ったり別れたり、クラスメイトの恋の話を興味津々で聞いていたものの、真幌自身はランチデートを数回しただけで恋愛には発展せず、誰かと手をつないだ経験もない。

佗助に恋人ができるのは、理不尽に周囲から避けられてきた過去を思えば喜ばしいことだ。でも、付き合う余裕があるなら一回くらい幼馴染みに電話をかけられるだろ――などという捻《ひね》くれた思考に走ってしまう。

「どうして『迎えにくる』だけなんだよ、ほかに伝えることあっただろ？　迎えにこなくていいから、ひとまず連絡くれないかな。というか佗ちゃんのやつ、どうやって連絡してくるつもりなんだ？　家の電話、なくなっちゃったぞ……」

約七年はさすがに待ちくたびれた。心配のしすぎで疲れてしまい、この二年ほどは佗助への不満が口をついて出るようになった。ぶつぶつ言いながら唐揚げ弁当を食べ終え、風邪薬を飲む。

早く寝たほうがいいけれど、せめてひとつだけでも段ボール箱を畳みたい。テレビをつけっ放しにして片づけていると、バラエティ番組が終わり、ニュース番組が始まった。

「……お客さんと話した事件だ」

聞こえてきた連続強盗のニュースに手を止め、テレビへ視線を向ける。

『四件の強盗事件は、ふたりの男が〝焼き破り〟で侵入、被害者を刃物で脅し、あるいは切りつけ、粘着テープで口を塞いで手足を縛るという同様の手口から、警察は同一犯の犯行と見て捜査を――』

アナウンサーの声に合わせて、事件の発生場所の地図が映し出された。

真幌はわずかに目を瞠《みは》る。

『どんどんこっちに近づいてきてるんだよ』――女性客が言っていた通りだった。最初の一件は隣の区との境で起き、二件目と三件目で区内を北上してきている。そして、昨夜発生した四件目の事件現場は自宅のすぐ近くだった。

今朝はネットニュースの見出ししか確認していなかったから、急に心配になる。

このマンションは築年数通りの古ぼけた外観で、狙われるとは思えない。しかし家賃の安さに負けて一階の部屋を選んでしまった。狭いベランダの先にある塀は低く、誰でも簡単に越えられる。

「やな感、じ――」

そこまで言って、はっとなり、片手で口を押さえた。帰宅してからずっと独り言をつぶやいている。

引っ越しをする前から薄々感じていた。おそらく、ひとり暮らしに向いていない。

　両親は共働きで帰宅が遅かったが、佗助が毎日のように泊まっていた時期が長く、真幌は寂しさを知らなかった。初めて心細さを覚えたのは小学校を卒業して佗助と別々の学校に通い始めたときだった。

　佗助がいなくなった十五歳の夏は寂しかったことしか記憶にない。高校の三年間、放課後の大半をアルバイトで埋めたのは、美容専門学校の学費を少しでも負担するためであり、両親も佗助もいない家でひとりで過ごすのを避けるためでもあった。

　佗助がいた日々は本当に楽しかった。一緒に宿題をして遊び、夕食をとって風呂に入り、宝石みたいに美しい金色の瞳を見つめて眠った夜を思い出す。

「………」

　また佗助のことを考えている。

　忘れることは絶対にないし、三日に一度は「どこにいるんだ」という心配と文句が脳裏をよぎるが、ここまで長く鮮明に思い起こすのは数年ぶりだった。これが再会の予兆なら嬉しいけれど。

　ふたたびテレビを観ると、次のニュースに移っていた。

　そろそろ警察かＰＣＢが捕まえてくれるはずだ、しっかり戸締りして寝よう――今度は口に出さず心の中でつぶやき、空にした段ボール箱を畳む。シャワーをさっと浴びて、スウェットの上下を着てベッドに入った。

電気を消した部屋で携帯電話を操作する。今夜、ＳＮＳのトレンドに「ＰＣＢ」の文字はなく、当然、連続強盗事件も入っていない。一区内で発生している窃盗事件は話題性に欠けるからだろう。スマートフォンを枕元に置いてまぶたを閉じた。

「――、……」

早く眠らなくてはと思うときに限って寝つきが悪い。

何度も寝返りを打つ。眠れないまま、目が暗さにすっかり慣れてしまい、真幌は溜め息をついた。

頭痛も睡眠の邪魔をしてくる。ひどくなる一方の悪寒は、風邪によるものではないのだろうか。肌が落ち着きを失ってざわつくような、経験したことのない感覚に変わっていた。

朝になっても治まらなければ、出勤後、オーナーに許可をもらって〝Biotope〟の近くにある病院へ行こう。そう決めて、ベランダへ背を向けて横臥《おうが》し、眠気が訪れるのを待つ。

パキ……。

ベランダのあたりで小さな音が立ったが、ようやく寝入った真幌には、それが現実の音か夢の中で鳴っているのか判別できなかった。

しかし次に聞こえた「カチャッ」という不自然な音に、夢から現実へ引き戻された。

まぶたを開く。音の正体を確かめるために、上体を起こしてベランダのほうを見ようと思ったが、できなかった。

〝来る〟――と、ざわつく肌が真幌に訴えてきている。

どうしてそう感じるのか自分でもわからない。なにが来るのか不安になり、掛け布団の中で瞳を左右にさまよわせる。

すると、ベランダのガラス戸がスライドし、カーテンの揺れる気配がした。

砂の付着した靴とフローリングの床のこすれ合う音が、ざり、ざり、と鳴る。

「……！」

ふたり、いる――。

冷や汗がどっと噴き出た。

背を向けていてもわかる、今この部屋にふたりの侵入者が立っている。

信じられない、なぜこんな古いマンションを狙うのかわからない、だが例の連続強盗犯としか考えられなかった。

ベッドと侵入者たちとの距離は一・五メートルもなく、真幌のリュックの中を物色する音や、段ボール箱の蓋を開けて覗き込む気配までもが克明に伝わってくる。

ドッ、ドッ、と心臓がうるさく跳ねる。恐ろしくてまともに思考できない。それでも必死で考えた。

今すぐ部屋から逃げ出す。振り返らずにスマートフォンだけを持って玄関へ走る。コンビニエンスストアに駆け込み、警察へ電話する。

強盗犯は被害者を刃物で脅し、粘着テープで手足を縛るとニュースで聞いた。躊躇《ちゅうちょ》などしていられない。真幌は脚に力を込め、強張《こわば》りかけている身体を無理やり起こしてベッドを飛び出した。

しかし、スマートフォンをつかんだつもりが、汗と震えで手が滑った。

ゴトッ……と音を立てて、携帯電話がフローリングの床に落ちる。

「チッ」

舌打ちが聞こえ、振り返ってしまった。

ふたりの男は大胆にもマスクをつけるのみで帽子を被っていなかった。

茶髪の男が握ったサバイバルナイフが、鈍く光る。暗闇に慣れた目がそれをとらえて、恐怖が頂点に達した。真幌はその場にへたり込む。立ち上がって走りたいのに身体はガタガタと震えるばかりになった。

極限状態に陥ってもなお、肌は痛みを感じるまでにざわめき立ち、一層強く〝来る〟と訴えかける。

犯行に慣れている男たちは徹底して声を発しない。真幌は出したくても声が出せなかった。

異様なほど静かな空間で、サバイバルナイフが振りかざされる。真幌は必死に身を縮こませる。

――〝来る〟なら、誰か、来てくれるなら……、誰か、っ……、――佗ちゃん！

真っ先に浮かんだ名を、心の中で叫んだときだった。

「な、なんだっ？　……うわあぁっ！」

ごうっ、と轟音を立てて、開いたガラス戸から大きな影が躍り込み、茶髪の男に激突した。

男は倒れ、手を離れたナイフがフローリングの床を滑って真幌の近くで止まる。

大きな影は間髪を容れずもうひとりの強盗犯に襲いかかった。その正体を知った真幌は驚愕する。ヒュッと喉が鳴り、声が出た。

「銀の……狼！」

見まちがいではない、鮮明に憶えているからまちがえようがない。

〝来る〟のは——来てくれたのは、昨夜の夢の、電波塔の天辺で遠吠えをしていた狼だった。

「痛えっ！　た、助けてくれっ」

「ひっ、ひいっ……、血が！」

のたうちまわる男たちに狼が容赦なく噛みつく。真幌はナイフをベッド下へ滑り込ませるので精一杯で、腰が抜けたみたいに力が入らず、二間つづきの隣の部屋へ這って逃げる。

それは一瞬の出来事だった。

恐る恐る振り返って見ると、男たちは動かなくなり、銀色の狼は佇んでいた。

ふたたび静寂が訪れる。ハァッ、ハァッ、と真幌の荒い呼吸音だけが響く。全身に冷や汗をかき、大粒の雫が頬を流れ落ちた。

気が動転して頭が働かない。なぜ夢の中の狼が現実にあらわれるのだろう。それとも今が夢で、昨夜のつづきを見ているのだろうか。

「――っ」

狼と目が合った瞬間、ビリッと激痛が走って頭を押さえる。

そして真幌はさらなる驚愕と混乱に陥ることになった。

狼から塊が分離し、形を変えていくではないか。

「なに……これ」

これは、激しい頭痛が見せる幻影に違いない――そう思う目の前で、狼から分かれた塊がまたたく間に頭部と胴と手足を形づくる。衣服を纏《まと》い、やがて男の姿になった。

恐怖を覚えるより先に、男が誰なのかわかって、真幌は眦《まなじり》が裂けそうなほど瞠目した。

彼が、唇に付着した血を拭いながら近づいてくる。

「真幌――」

「う、そ……、嘘、だ」

真幌の名を呼んだ彼は、百九十センチを超える長躯になっていた。

ネオンカラーが施されたネイビーのマウンテンパーカーと、同色のカーゴパンツ。両耳にはリングピアスが光る。床を踏むたび、ブーツが重い足音を立てた。

夜暗に浮かぶ青みがかった銀髪は、肩に触れるまで伸びている。

そして、真幌をまっすぐ見つめてくる金色の瞳。

真幌は震える唇を動かし、名を呼び返した。

「――侘、ちゃん」

間近で足を止めた幼馴染みを、床にへたり込んだまま見上げる。姿が変貌していても、一目で侘助だとわかった。

現実離れしすぎた光景の連続に眩暈《めまい》がする。強盗犯に襲われたのも銀色の狼も、まして狼から侘助があらわれたことなど、夢としか思えない。

「やっと……やっとだ。ずっと待ってた。真幌っ」

しかし、床に膝をつき、真幌を滅茶苦茶に掻き抱いてくる侘助は紛れもない現実だった。

「真幌のこと、必ず迎えにくるって、約束した」

少年のときとは異なる低い声が、約七年前の言葉を一言一句違《たが》わず口にする。

大きな喜びと極度の混乱とが綯《な》い交ぜになり、涙が滲んでしまう。何度も想像してきた再会とはまるで違っていて、会えたときに伝えようと思っていた言葉がなにも出てこなかった。

侘助のパーカーを握り、ぐすっと鼻を鳴らして訊ねる。

「どう、なってんの……ぜんぜん、わかんない。侘ちゃん、どこでなにしてたんだ？　一回も連絡くれないで……。なんで、僕の家を知ってるの。――あの、銀の狼……あの仔《こ》、なに？　さっき、侘ちゃんと狼、別々に分かれなかった……？」

侘助に抱きしめられて、サバイバルナイフを振りかざされたときの恐怖は薄くなった。でも、ひどい混乱は消えない。

「真幌」

ただでさえ力強い腕にさらに力が込められ、「痛い……」とこぼしてしまう。聞こえてきた独り言のような声は、問いの答えではなかった。

「ちゃんと伴獣《ばんじゅう》のことが視えてる。真幌はガイドに覚醒した。今すぐ〝契約〟を――」

「え……なんて？」

耳慣れない言葉が多く、焦って聞き直す。そのとき視界がぐらりと揺れて、次の瞬間には天井が見えていた。

大きな手が後頭部を包んでくれていたから、痛みや衝撃を感じずに済んだ。しかしなぜ仰向けに倒されたのか、佗助が覆い被さってくる理由もわからなかった。

「……携帯、持ってる？　早く警察に、電話を」

「電話は必要ない。オロチが獲物を回収しにくる」

「オロチ……？　どういう、こと？　――ごめん、どいてもらっていい？」

重い長躯は真幌の上から動かない。混乱を抑えて落ち着きを取り戻したいのに、阻まれたような気持ちになった。

佗助が、頬に残る汗を舐め取ってくる。目を見開いて驚く真幌にささやいた。

「汗かいてる。怖かった？」

「こんなときに悪い冗談やめなよ」

たしなめた直後に気づいた。かつて透き通るような美しさだけがあった金色の瞳に、今は妖しい光が宿る。

佗助は、悪ふざけとは無縁の性格をしている。肌を舐める行為が冗談や戯れではないなら、どんな意味があるのだろうか。

「……………」

再会してまだ十数分なのに。いったい、いつからだろう。

頬にぶつかってくる、フーッ…、フーッ…、という息は熱と興奮を孕《はら》んでいた。

「佗ちゃん、どいて。警察に電話する」

肩を思いきり押し返す。その手を握られ、今度は首を吸われた。下肢に、硬く膨らんだものがゴリッと押し当てられる。

「――っ！」

強盗犯に侵入されるという非常事態の只中に、なぜ佗助は欲情に駆られているのか、そしてそれを真幌へ向けてくるのか、まったく理解できない。

熱い吐息が唇にかかる。唇を重ねられそうになって顔を逸らしたが、先に佗助が動きを止めた。

「さっき獲物を噛んだ。奴らの血の味、真幌に感じさせたくないから。今だけ我慢する」

自身に言い聞かせるようにつぶやき、パーカーを脱ぎ捨ててタンクトップ姿になった。

厚く張った胸板と、筋肉の隆起した太い腕。想像を超えた変貌に息を呑む。その一瞬の隙に、スウェットのトップスを捲り上げられた。

「なにするんだっ！」

「身体もいっぱい汗かいてる。もう二度と怖い思いさせない。おれが守るから。やっとそばで守れる」

「やっ……やめ――、ぅ、あっ」

冷や汗で湿った肌の上を、舌が這いまわる。あらわになった乳首を唇で挟まれ、舌先でくりくりとあやされて、得体の知れない感覚に全身が粟立った。

「変なこと、するなっ。放して……、放せっ」

渾身の力で佗助を突き飛ばしたつもりが、弱々しく叩くだけになり愕然とする。足蹴《あしげ》にしたくても、筋肉質の重たい身体に押さえ込まれていて動かせない。

佗助は真幌の抵抗に気づきもせず、臍《へそ》に口づけて脇腹を舐め、下がっていく。無骨な手がスウェットパンツにかかる。止める間もなく下着ごと奪われて、剥き出しになった脚を開かれ、真幌は猛烈な恥辱感《ちじょくかん》に見舞われた。

「おれ、ずっと真幌に触りたくて」

ハァハァという荒い息が下生えを揺らす。無口でおとなしかった佗助が信じられない言動ばかり見せてくる。

「いっ……いいかげんにしろよ！　いくら佗ちゃんでも許さ、な――」

今度こそ突き飛ばすと決めて視線を下肢へ向けた真幌は、ぞっと怖気立つ。

佗助が萎えた性器を頬張る瞬間だった。

「……あ！　ぁあっ」

熱い粘膜に包まれる未知の快感に、茎が一気に芯を持った。

「おれの口の中で勃起した」

佗助は嬉しそうに言い、硬くなった陰茎を舐めしゃぶる。ぬぷっ、ぬぷっ、と唇できつくしごいて、奥まで咥え込む。肉厚の舌が性器をぬるんと弾き、またすぐに絡みついてくる。

「真幌の、気持ちよさそうにぴくぴくしてる」

「……あぁ、う、……いや、だ」

こんなにも生々しくて淫らな感触は知らない。佗助の恥じらいのなさが、真幌の羞恥をより一層掻き立てた。

「頼む、から……放して。おかしい、……」

早く会いたいと願いつづけてきた。でも、こんな再会は想像したこともなければ、望んだこともなかった。絶対におかしい、あり得ない。止めなくてはいけないのに、佗助から齎《もたら》されるいやらしい刺激に呑み込まれてしまう。

「まほろ……」

「あっ」

切なげに名を呼ぶ声が、屹立《きつりつ》に響く。それを喜ぶみたいに先端から透明の蜜がじわっとあふれだした。

混乱と羞恥に苛《さいな》まれる心と、快感を追う身体。真幌そのものがばらばらになりそうだった。

佗助が夢中で頭を上下させる。銀髪が揺れる。唾液と先走りが混ざり、じゅぷ、じゅぷ、と大きな水音が立った。

「だめ、だっ……、だめ、――ぁ、あ、あっ」

少しも堪えられず、真幌は衝動のまま腰を突き上げて白濁を放った。

繰り返し嚥下《えんげ》する喉の動きが伝わってくる。先端の小孔を強く吸われ、ビクンッと腰が跳ねる。最後の一滴まで吸い尽くした唇が離れて、ようやく解放された。

「いくとき腰を浮かすの、すごく可愛い。次も、して」

「なん、で……、こんな……」

息を切らし、茫然自失となってつぶやく。茎は早々に芯を失ったが快楽の名残を纏い、じんと痺れていた。

上体を起こした佗助が「いき、そう」と忙しなくベルトを外す。濃厚な男の匂いとともに弾み出た生殖器に、真幌はふたたび怖気立った。

太くて長く、亀頭が張り出したそれは、同じ器官なのに真幌のものとはまるで違う。大量の先走りで濡れ光るさまや、浮き出た血管までもが、暗闇に慣れきった目には嫌というほど見て取れた。

「ひ、――」

勃起の根元を指で縛《いまし》め、狙い澄ますように見つめてくる侘助が、次になにをするのかを察した。真幌は脚を閉じ、必死で後ずさりをする。

しかし片手で腰をつかまれ簡単に引き戻された。長躯が伸しかかってくる。尻の丸みを撫でられ、狭間に陰茎が差し込まれて、ぞくりと総毛立った。

「いや、だっ！　放せ、ばかなことしてるの自分でもわかってるだろっ？」

「入らない。なんで」

真幌の身体が拒絶していることに侘助はひどく焦れて、滅茶苦茶に腰を突き出す。後孔が硬い亀頭に押し潰され、またたく間に恐怖が募る。

挿入を遂げるための行為はやまない。懸命に拒む窄《すぼ》まりが、侘助が放つ先走りでぐしょ濡れにされる。先端が捻《ね》じ込まれた瞬間、身体じゅうに戦慄《せんりつ》が走り、真幌はとうとう声をあげた。

「うあぁっ、――嫌だ！　もうやめろ！」

割れた声で怒鳴りつけると、腰の動きが止まった。

後孔に密着していたものが離れていく。真幌はそこで力尽きた。

「真幌」

佗助は覆い被さったまま、先ほどと異なる動きをする。自身の手で射精を果たすつもりだ。金色の目が、涙を纏う瞳に絡みついてくる。クチュクチュと粘ついた音が聞こえる。

「あぁ。……真幌っ。おれ、の」

興奮に息を乱しながら激しく手淫《しゅいん》するさまは、物静かな佗助からは想像できないほど淫猥《いんわい》で、恐ろしかった。身体に伝わってくる律動が一層速くなり、真幌は限界まで顔を背ける。

「真幌……、ハッ……まほろっ、――――ッ！」

びしゃっ、びちゃっ、と腹や胸に撒かれた精液の熱さに、全身がわなないた。

佗助は大量の粘液を塗り広げ、真幌の腿や股座《またぐら》にまで塗り込んでくる。もはや抵抗する力も気概も消え失せて、されるままになった。

「これで、真幌がタワーに入ってもしばらくは大丈夫。ほかのセンチネルには絶対に触らせない。おれだけのものだから」

タワー、センチネル、おれだけのもの――――佗助がつぶやいた言葉の中に、真幌が理解できるものはひとつたりともない。

再会の喜びは、混乱と羞恥と恐怖に塗り潰された。

身体が熱い。耐えられないほどの頭痛に襲われ、朦朧《もうろう》としてくる。

また汗の粒が浮かび始めた額に、手の甲がそっと当てられた。大きくて、骨ばっていた。

「個人差があって、異能の力に覚醒する前後は、熱が出たり頭が痛くなったりする人もいる。

でもすぐ治まる。真幌も、寝て起きたら治ってる」

真幌を安心させるための優しい声だったが、聞き入れる気になれなかった。

遠くからパトカーのサイレンが響いてくる。

欲情と興奮を宿していた金色の瞳が、一瞬で冷淡になる。佗助が三白眼を玄関へ向けた直後、ドアが蹴破られ、若い男の大声がした。

「おい山狗っ！　そいつらは俺の獲物だろうが！　勝手な真似しやがって！」

汗と白濁にまみれて震える身体にマウンテンパーカーがかけられた。銀の狼が真幌にぴったり寄り添って立つ。

「狗臭《くせ》え！　最悪だ」

また声をあげた男がスイッチを押したのか、部屋が明るくなる。眩しさに眉根を寄せた佗助は、さして焦ることもなく、カーゴパンツを穿き直してベルトを締めた。

真幌を背に隠すようにして立ち上がり、冷めきった声で言う。

「奥に二体いる。殺してない。好きにしろ」

意識が遠のいていく中、強い憤りに駆られた。

もう誰も入ってくるな、みんな出て行け――声にできないまま、後ろ姿を睨みつけた真幌は、佗助のうなじに【17053/9A】の英数字とバーコードのタトゥーを見る。

意識を保てたのはそれまでだった。

次の瞬間、視界が闇一色になった。

2

頭の下の枕がやけに硬くて真幌は目を覚ました。引っ越しに合わせて買い替えた枕は心地いい柔らかさなのに、このごつごつしたものはなんだろう。

まぶたに陽光の眩しさを感じる。昨日からの頭痛と肌のざわめきは治まっていた。でも、身体がひどく怠《だる》い。こんなに強い倦怠感を覚えるのは初めてで、目を開くことさえ億劫《おっくう》だった。

「仕事、……起きなきゃ」

ガサガサの声でつぶやいて重いまぶたをこじ開けた瞬間、飛び込んできた光景に真幌はぞくりとする。

壁も天井もベッドも白いこの部屋は自宅ではない。そして、枕と思っていたものは男の腕だった。男のもう片方の腕は、横臥する真幌の腰を抱いていた。

ぱっと振り返る。

鼻先が触れそうなほど間近で、銀色のまつげが揺れ、まぶたがゆっくり動く。

大きく開いた金の瞳が煌めき、また細くなった。――笑っている。

「まほろ……」

「――っ！」

倦怠感などすぐに吹き飛び、真幌は跳ね起きてシーツを蹴った。

「危ない、落ちる」

距離を取れるなら、どこをぶつけてもかまわなかった。ベッドから落ちるために思いきり飛び退いたのに、起き上がった佗助に腕をつかまれる。引き戻され、胡坐《あぐら》の上に座らされた。

「熱は明け方には下がってた。頭は、まだ痛い？　薬を飲む？」

「いやだ、放せっ……、怖――」

「怖くないよ、大丈夫、おれが真幌を守るから。ここはＰＣＢ東京の本拠地ビルで、みんな〝タワー〟って呼んでる。この高層階には異能者しか入れない、強盗犯は絶対に入ってこない。だから落ち着いて」

「落ち着けだって⁉　こんな状況にしたのは誰だよ！」

「真幌？」

不思議そうに首をかしげた佗助は、真幌が取り乱す原因は強盗犯だと本気で考えているのだろうか。

その口から「ＰＣＢ」と出た気がしたが、どうでもいい。問い責めるべきことはほかにある。

昨夜の出来事が蘇り、触れられている腕と腰から嫌な感覚が身体じゅうに伝播《でんぱ》した。必死で振りほどこうとしても、大きな手はびくともしない。

「放せ！　なんであんなことしたんだっ！」

「真幌はおれのものだから」

「なに言ってんの⁉」

荒い声に反応して、銀の狼がベッドに乗り上がってくる。美しいが恐ろしく、あらためて知る体躯の大きさに真幌は慄《おのの》いた。

昨夜、この狼から分離した塊が佗助に変化するという極めて不可解な現象を見た。両者はいったいどのような関係なのだろう。危険な肉食獣なのに飼育されている雰囲気は皆無で、青みがかった銀の獣毛も、金色の瞳も、佗助とまったく同じだった。

狼が、すり…、とふわふわの額を腕に擦りつけてくる。そんな仕草にも真幌はびくついた。

そして自分が病衣を着ていることにようやく気づく。粘液まみれにされた身体はどうなったのか、焦って水色の病衣を握ると、佗助が言った。

「綺麗にしたよ。医療スタッフに教えてもらいながら、おれが真幌を風呂に入れた」

「うそ……だ」

「起きるの待ってた。おれと真幌は今すぐ〝契約〟する」

「……もう、頼むから、お願いだから放して……なに言ってるのか、意味が――」

ベッドに倒されて後悔する。綺麗な金の瞳にまた色欲が滲んでしまったのは、昨夜の行為のことを真幌から切り出したせいだ。

「やりかたを調べたから昨日みたいにはならない。真幌の尻の孔《あな》をおれの精液でぬるぬるに濡らして、よくほぐせば入る」

直截《ちょくせつ》すぎる言葉に身体が強張った。佗助の物静かな口調が卑猥さを余計に際立たせる。病衣はあまりにも頼りなく、覆い被さられるより先に手の侵入を許した。

「嫌だっ……！」

背や脇腹を撫で上げられる。真幌の首許《くびもと》に顔を埋めた佗助は、そこを執拗に舐め、口づけてくる。ハッハッと舌を出す狼に顔を覗き込まれて、未知の羞恥に駆られた。

怒っても懇願しても佗助に届かなくて悲しくなる。真幌の幼馴染みは、無理やり我を通すような真似など絶対しなかったのに。

「なんでっ？　嫌って言ってるだろ、なんで聞いてくれないんだよ。僕の大切な佗ちゃんはそんな子じゃない！」

悔しさに任せて言い放つと、身体をまさぐっていた両手が止まった。

「………」

佗助が首許から顔を離す。真幌を見つめてくる瞳は戸惑いに揺れているようにも思えたが、次の瞬間、佗助と狼が同時にドアを睨みつけた。つられて真幌もそちらへ視線を向けたとき、ドアがスライドした。

「はーい、斑目くんストップ。ぼくの管轄フロアでセックス始めないでよォ。するなら自室か、ボンディングルームがお勧め。あの部屋、とろっとろの上質ローション置いてるからさぁ」

軽薄な声とともにあらわれたのは、白衣を着た男だった。痩身で、癖のある栗色の髪をゆるく束ねている。スーツ姿の大男と、なぜか土佐《とさ》犬まで入ってくる。

佗助は無表情になってサイドチェストへ手を伸ばす。そこに置いてある眼鏡をかけ、長い銀髪を無造作に縛り、床に転がっているブーツを引き寄せて履いた。

真幌もすぐに起きて病衣を整える。狼は真幌にくっついたまま、ふたりの男を見据え、四肢《しし》をわずかに曲げて姿勢を低くした。

ベッドに放置していた上着をつかんで、佗助が男たちに近づく。白衣の男はわざとらしく腕を組み、佗助を見上げて言った。

「もうっ、『小泉くんが目を覚ましたらすぐ那雲《なぐも》センセに教えてね』ってお願いしたでしょ！　斑目くん『わかった』って返事くれたけど？」

「忘れてた」

「山狗、おまえは仕事だ。さっさと現場へ向かえ」

ふたりの男と話す佗助をあらためて見た真幌は震えだした。

筋肉が盛り上がった長躯。服装は昨夜と同じだが色が変わっている。グレーのタンクトップと、ベージュのマウンテンパーカー。カーゴパンツのサイドに【PCB】のロゴがある。軍人が履くようなタクティカルブーツ。昨夜はかけていなかった眼鏡と、両耳のリングピアス。

そして、うなじに刻まれた【17053/9A】の英数字とバーコードのタトゥー。

姿が変貌していても、一目で佗助だとわかった——昨夜、確かにそう思った。でも今はもうわからない。真幌の記憶の中の幼馴染みとはあまりにも懸け離れている。

あれは、本当に佗助なのか——。

「真幌。仕事してくる。夜には戻るから、ここで待ってて」

「さっさと行けと言ってるだろうが！」

スーツの男の怒鳴り声を無視した佗助が、マウンテンパーカーに袖を通しフードを被りながら部屋を出て行く。銀の狼は一度だけ振り向いて真幌を見つめ、佗助を追った。

「……っ」

眠っているあいだ遠ざかっていた混乱と恐怖が、今また怒濤《どとう》のように押し寄せてくる。

ここがどこなのか、男たちが何者かなんて真幌には関係ない。佗助のことも、もういい。

警察へ行って昨夜の事件の被害者であることを説明し、勤務先に電話をかけてオーナーに事情を伝え、両親にも連絡を——とにかく今すぐここを出たかった。

ベッドをおりた真幌は裸足でドアへ走る。しかしスーツの男に立ち塞がられた。

「くだらん真似をするな、おとなしくしろ」

「どいて……どいてくれっ」

「チッ」

真幌の腕をつかもうとした男は急に手を引っ込め、露骨な舌打ちをした。白衣の男はにこにこ笑う。

「目が覚めて知らない部屋にいたら誰だって混乱するよねぇ。過度の興奮は脳にも身体にも負担がかかっちゃうからね、楽になる薬を打ってあげる」

「なに、するんだっ！」

「そんなに怖がらなくても、だぁいじょーぶ！　ぼくはメディカル室主幹の那雲。みんな『那雲センセ』って呼ぶよ、小泉くんも呼んでね」

「やめっ……！　あ……？　――」

不気味なほど陽気な那雲に腕を取られ、注射針を刺された途端、身体の力がガクンと抜けた。真幌は床にへたり込む。脳の奥がぼんやりする。混乱と興奮を無理やり抑えられる感覚があった。

那雲は真幌にスリッパを履かせ、室内の隅に置いた車椅子を持ってくる。

「力、入らないでしょ。ゆっくりでいいからね。柴田《しばた》くん、小泉くんを座らせてあげてよ」

「山狗のマーキングがきつくて触れん」

「えぇー？　タワーに来てすぐ入浴させたんだけど。もしかして、さっき手を引っ込めたのはそのせい？」

柴田と呼ばれたスーツの男は「耐えられん臭いだ」と眉間に皺を寄せ、ポケットからマスクを取り出してつけた。

那雲がドアを開け、最初に土佐犬が廊下へ出る。柴田に車椅子を押されて部屋をあとにする間際、急に兎が飛び跳ねてきて真幌の膝にピョンと乗った。

「……っ？」

いつからいたのか、そもそも病室のような場所になぜ兎がいるのか、わからない。驚く真幌をよそに、兎は腕の中に入り、もこもこの身体を丸くした。

「斑目くんってば、ここがどんなところで、どうして小泉くんが連れてこられたのか、なぁんにも説明せずにセックス始めたんじゃない？　普段からぜんぜんしゃべらないとはいえ、それはダメだよねぇ」

「う、……う」

兎が、と言いたいのに声が詰まる。横に並んで喋る那雲も、車椅子を押す柴田も、なぜ兎の存在に驚かないのだろうか。

「一時的に声が出なくなるのも興奮を静めるためなんだ。五分くらい経てばまた話せるようになるよ。今から行くのは局長室。美馬《みま》局長の説明を聞こうね」

エレベーターに乗り込み、数字も記号も書かれていないボタンを那雲が押す。ここが何階なのか、何階へ向かっているのかも不明だが、高速で上昇する体感があった。

エレベーターのドアが開くと、ガラス張りの会議室らしきものが見えた。上質の絨毯《じゅうたん》が敷かれた重厚な雰囲気の廊下を、那雲は軽い足取りで進み、突き当たりのドアをノックして開く。

「美馬くーん、小泉くんを連れてきたよ」

「――はい。思いのほか、佗助の匂いが強く残っていますね」

部屋の奥から聞こえてきたのは、落ち着きのある透き通った声だった。

「やっぱり美馬くんも気になる？　斑目くん、徹底的にマーキングしたんだね。すべてに無頓着なあの子でもこんな執着めいたことするんだなぁ、さっそく興味深い発見ができてぼくは嬉しいよ。小泉くんが来てくれたおかげだね」

「山狗め、くだらんことを」

「センチネルってさー、ガイドたちのことは好きだけど、ほんと自分以外のセンチネルが大きらいだよね」

「――那雲主幹、柴田。そこで話してないで、小泉君に入ってもらってください」

言葉を受けて、土佐犬、車椅子を押す柴田、那雲の順に入室する。震える兎を見ていた真幌は、視線をのろのろと室内へ移した。

ローテーブルを挟んで、バイカラーの一人掛けソファが三脚ずつ並んでいる。壁一面に設置された本棚と、整然と収められた夥《おびただ》しい数の書籍。美しいが無機的で、映画やドラマのセットのようだった。

那雲はソファに脚を組んで座る。柴田が車椅子を執務デスクの前で止め、真幌から離れて立つと、土佐犬はその足許に姿勢よく座った。

L字型の執務デスクに香木と思しきものが置かれ、大きな烏《からす》が止まっている。なぜこんなに動物がいるのだろうか。洗練されたオフィス空間に土佐犬と兎と大烏がいるのは違和感があった。

「はじめまして。小泉真幌君ですね」

チャコールグレーの三つ揃いを着た男が、ひときわ立派なエグゼクティブチェアから立ち上がる。

眼鏡の奥の冴えた瞳が印象的な、冷艶《れいえん》な男だった。前髪を長めに残したショートヘアは今日カットしたかのように整っている。年齢不詳という言葉がよく当て嵌《は》まる。二十代後半にも見えるし、四十代と聞かされても不思議に思わない佇《たたず》まいをしていた。

男が艶のある黒髪を揺らし、唇を開く。

「PCB東京局局長の美馬涼一《りょういち》です。我々PCBは小泉君の覚醒を待っていました」

一瞬、キンッ…と耳鳴りがした。

真幌は限界まで瞠目《どうもく》する。

「……PC、B?」

やっと声が出せるようになったのに、美馬と名乗る男が二度口にした言葉を鸚鵡《おうむ》返しにつぶやくしかできなかった。真幌にそれを言わせることが思惑だったのか、美馬は微笑み、那雲もフフッと笑う。

「そうそう、きみたちがネットやSNSで騒いでる、例の超常集団のことだよ」

「正式名称は〝Psychics Conservation Bureau――異能者保全局〟です。世界中に点在し、異能の力に目覚めた者たちの保全・生活環境の提供・仕事の斡旋等をおこなっています」

ここが、半世紀以上も謎に包まれている集団PCB――想像もしていなかった衝撃的な現実に、身体が小刻みに震えだす。

嘘だと思った。しかし佗助も『PCB東京の本拠地ビル』と言っていた。彼のカーゴパンツのサイドにロゴを見た。それらがなにを意味しているのか、真幌の思考は乱れるばかりで簡単な推測すらできない。

「PCBの本拠地ビルを〝タワー〟と呼ぶのは世界共通です。なぜ佗助が小泉君をタワーに連れてきたのか、その理由を理解してもらうために、まずPCBと異能者について簡潔に説明します」

驚愕のあまり言葉を返せずにいると、椅子に座り直した美馬が話し始めた。

「世界には、人間の能力を遙かに超越した力を持つ〝異能者〟がいます。非常に稀有《けう》な存在であるため、PCBが保全と支援をおこなっています。また、異能者たちは能力の特徴によって〝センチネル〟と〝ガイド〟の二種に分けられます」

真幌に向けられた繊細な指が、数を数えていく。

「視覚・聴覚・嗅覚・触覚・味覚――これらの五感と身体能力が超発達した異能者を〝センチネル〟と呼びます。彼らは物を透視し、数キロ離れた場所で発された音を聴き取り、匂いを嗅ぎ分けます。身体能力の高さはSNSで語られているので小泉君もよく知っていますね。しかしながらセンチネルは、自身で力をコントロールすることができません。能力の暴走は昏睡状態や精神崩壊を招きます。生命の危機に直結しているのです。そのセンチネルの強大な力を制御できる唯一の存在が〝ガイド〟と呼ばれる異能者です。そして」

美馬はデスクに両手を重ねる。真幌に内容を咀嚼《そしゃく》させるため、わざと言葉を切ったようだった。

「佗助は、最高位の9Aセンチネルです。彼は初めてタワーに来た夜『真幌はガイドだ、必ずおれが迎えに行く』と断言しました。当初、PCB東京は信用に値せずと判じましたが、佗助の異能者としての貢献度の高さと、『真幌はガイドになる』という確信は彼の強い能力によるものと判断し直し、私たちは佗助とともに小泉君の覚醒を待つようになりました。そして佗助の予言通り、昨夜、貴方はガイドに覚醒したのです」

「これは本当にすごいことなんだよ！　新しい異能者を探すのは重要な仕事だけど、かなり難しくてね。覚醒の前兆を感じ取れるのは一週間前、早くても数か月前なんだ。数年先の覚醒を感知できた事例はほとんどない。さすが斑目くん、ぼくたちメディカル室のスタッフはみんな大興奮してるよ。美馬くんだって柄にもなくソワソワしちゃったよねぇ」

「ふふ……少しですが、そうですね」

那雲に注射された薬のせいか、美馬の話しかたが丁寧で淀みないからか、彼らの言葉のひとつひとつがはっきり耳に入ってくる。

でも理解できなかった。

「異能の力を得た状態で日常生活を送れば、本人は当然のこと周囲の者にまで危険が及びかねません。センチネルとガイドは、覚醒直後の異能者を速やかに保護し、タワーへ連れてくる義務があります。佗助はＰＣＢの規約に準じて、ガイドとなった小泉君をここへ連れてきたのです」

意味のわからないことを延々と聞かされて、頭痛を覚え始めた。美馬は佗助の行動は正当であると言いたいようだが、真幌がそれを信じるはずがない。

胡乱《うろん》な目つきで見ても、美馬は柔らかな微笑を崩さずに話をつづける。

「能力の覚醒は疾病ではありませんが心身に負担のかかる出来事です。今日は身体を休めることと、タワーの空気に慣れることに専念してください。明日から二名の教育係による研修が始まります。ＰＣＢ東京のすべてと、ガイドの果たすべき役割を学んでもらいます。今、確認しておきたいことはありますか？　なんでも訊いてください」

「異能者……？　センチネル？　ガイド？　意味がわからない……そんなの都市伝説に決まっ

てる。これはれっきとした誘拐だ。仕事があるんです、今日も出勤なんです、僕の携帯はどこですか？　返し――」

「都市伝説だと？　ではおまえの膝にいる伴獣をどう説明する？」

必死で話しているのに、フッと鼻で嘲笑する柴田の野太い声に遮られた。この男は部屋に来たときから言動がいちいち横柄だった。

「なんだよそれ」

苛立ちを隠さずに柴田を睨みつけ、低い声で言い放つ。柴田ではなく那雲が答えた。

「異能の力に目覚めると、その人の精魂が動物の姿になってあらわれるんだよ。常に伴って行動するから〝伴獣〟って呼んでる。異能者の性格や精神状態を反映する、分身みたいなものだね。伴獣は常人の目には映らないから、視えてる小泉くんはまちがいなく異能者でガイドってこと。小泉くんの伴獣は兎ちゃんだね。大切にしてあげて、センチネルやガイドが死亡した瞬間に伴獣も消えちゃうからさ……」

「……………」

態度も口調も軽薄な那雲が、話の最後だけ声に憂いを含ませる。そのせいで言い返せなかった。〝精神状態を反映する、分身みたいなもの〟と説明された腕の中の兎は、この部屋に入る前からずっと丸くなって震えている。

柴田は「ふん」と真幌を見下げ、美馬に報告した。

「局長。山狗はさっそく『契約する』と盛っています」

「困りましたね。契約はかまいませんが時期尚早です。――白慈《はくじ》、近くにいるでしょう。来てください」

美馬が言い終わるなりドアが乱暴に開いて、真幌はびくりとした。ヘッドホンをつけた若者が大股で執務デスクへ近づいてくる。

「なんで俺なんだよ」

聞き憶えのある声だった。でも、いつどこで聞いたか思い出せない。

白慈と呼ばれた青年はおそらく同年輩だが、百六十センチに満たない小柄で、少年のようでも華奢な少女のようでもあった。パーカーやスニーカーがオーバーサイズのせいで、ハーフパンツから出た脛《すね》が余計に細く見える。耳の下で切り揃えた黒髪には、カラーリングに失敗したときに発生する色斑《いろむら》がある。

なにより注目してしまうのは、肩に巻きついた白蛇と、レッドベリルに似た鮮やかな赤い瞳だった。

白慈はパーカーのポケットに両手を突っ込み、気だるげに首をかしげる。

「新人の世話はガイドの仕事だろ」

「どうせボンディングルームで惰眠《だみん》を貪っていたんだろうが」

「無駄に吠えんなよ土佐犬のおっさん。ぶっ殺されてえのか？」

柴田の横柄な物言いを、白慈はニッと嗤《わら》って軽くいなした。肩に乗る白蛇がシャーッと土佐犬を威嚇する。

可憐な容姿からは想像できない口の悪さと気性の荒さに、真幌は驚いた。

そして、はっと思い出す。

『おい山狗っ！　そいつらは俺の獲物だろうが！　勝手な真似しやがって！』

『狗臭え！　最悪だ』

白慈の声は、気を失う間際に聞いた大声と同じだった。

急に汗が滲む。昨夜、真幌の自宅に来たのが本当に白慈なら、佗助の体液にまみれたあの姿を見られて――。

「オロチっ、きさま……！」

「あははー、ちっとも穏やかじゃないねぇ、いつも通り」

動揺する真幌を放って、柴田が顔を赤くして怒り、那雲は声を立てて笑う。美馬もにっこり微笑んで白慈に言った。

「佗助を小泉君に近づけないように。能力が不安定な彼を壊しかねません」

「山狗まだ盛ってんの？」

「佗助が戻ってきたら話をします。無理強いをしそうなときはお願いします。同等の力を持っているのは貴方だけですから。――那雲主幹、小泉君の見込みは？」

「6Aか6Bかな？　精査はこれからするね」

「ふーん。可もなく不可もなく。一番つまんねえ」

「白慈くん、小泉くんのこと食べちゃダメだよ？」

「こんな狗臭え奴、誰が食うか。腹減っててもゴメンだ」

「きみのシロオロチくんが兎ちゃんを狙ってるから言ってるんだけどー」

美馬と白慈と那雲、三者の会話はまったく理解できない。理解したいとも思わなかった。

これは誘拐だ、仕事がある、携帯電話を返せ――真幌は、自身の必死の訴えがなかったことにされたと知る。

「今日だけだからな。――おい、おまえ。能力の覚醒は病気じゃねえんだ、さっさと立て。ついてこい」

白慈が、入ってきたときと同じように大股で出て行く。真幌はついていかなかった。この状況がどれほど不当かをもう一度訴えようとしたが、美馬の柔らかな微笑に阻まれる。

「覚醒してくれたことに心より感謝します。ガイドの自覚は徐々に芽生え、それに伴い異能の力も安定してきます。明日からの研修に励んでください」

「興奮抑制剤はそろそろ切れるよ、もう歩けるよね。車椅子は片づけておくから早く白慈くんを追いかけたほうがいいよ。あの子、うちで一番凶暴なセンチネルだからさぁ。ほらほら、兎ちゃん抱っこして」

ソファから立った那雲に急かされ、兎を抱かされた真幌は、追い出される形で局長室をあとにした。

廊下の先を見れば白慈がエレベーターのドアを足で止め、赤い瞳でこちらを睨んでいる。

急いでエレベーターに乗り込みドアが閉まると、白蛇がなにかから逃げるように、パーカーのフードへするすると入っていった。

「狗臭え……」

うんざりつぶやいた白慈は、パーカーのポケットから丸いロリポップキャンディを取り出した。フィルムを剥がし、ぼりぼりと音を立てて噛み砕く。その背いっぱいに【ＰＣＢ】の大きなバックプリントがあった。

「……ここ、ＰＣＢ、なの……？　本当、に？」

「美馬サンから聞いただろ。ＰＣＢってのは〝サイキックス・コンサヴェイション・ビューロー〟って組織の略だ。かっこつけすぎて逆にダセェよな。単なるセンチネルとガイドの保護ハウスだってのに」

「ガイドとか……僕そんなんじゃない、……意味わからない」

「俺の服のプリント、読んでみろ」

「……ＰＣ、Ｂ」

促されるまま口にすると、白慈はほんのわずか振り向き、「これ〝異能者だけが見える特殊

PCB
PCB

な染料〟ってのを使ってる。普通の奴らは見えない」と言った。

「嘘、だ。……だって、ＰＣＢって呼ぶようになったのは、誰かが、服にロゴを見たからで……」

「それ、俺らが生まれる前のカビ生えた話じゃねえか。染色技術が上がってることくらい、少し考えたらわかるだろ。おまえはガイドだ、ガイド特有の匂いがしてるし。今は山狗の臭いのほうがきついけどな。来たばっかなんだから、なにもわからねえのは当たり前だ。一週間もすりゃ、だいたいのことはわかる。おまえ名前なんだっけ」

「小泉、真幌……」

「真幌は風呂入ったのか？」

「……っ。——入れて、くれたって……い、医療スタッフさん、が……」

「風呂入ってそれかよ。山狗のやろう、ちんこも精液もバケモン並みじゃねえか」

そのひとことに頭をガツンと殴られたような衝撃を受けた。

白慈は先ほどよりも大きな渦巻き状のロリポップキャンディをポケットから取り出し、今度は噛み砕かずに舐めて咥える。

「ろくに慣らしもしねぇで、あんなバカでかいちんこ入るわけねぇだろ。なぁ、真幌？　あいつは典型的ドーテーだ、自己中なエロはガイドたちに嫌われるぜー」

意地の悪い顔になった白慈は楽しそうに佗助を扱《こ》きおろしたが、真幌はその半分も聞くことができなかった。

　やっぱり見られたんだ――しかも、佗助に挿入されかけたことまでなぜか白慈は知っている。耐えられない恥ずかしさに消えたくなった。

「とりあえず今はメシ食える場所だけ憶えとけよ、三十二階な」

「……………」

「感じ悪いぞおまえ。返事しろ」

「三十二階……。わかった……」

「そんなシケた服着《き》てっからテンションだだ下がりのままなんだ。メシの前に服だな」

　エレベーターをおりると白蛇がフードから顔だけを出し、じぃっ…と赤い目で真幌を見てきた。白慈は廊下を歩きながら説明する。

「ワードローブ室。制服、私服、靴とかキャップ類とか、シャツもパンツも靴下も、とにかく着るものは全部ここにある。必要なもの持っていけ」

　自動ドアが開く。縫製ミシンやロックミシンの稼働音が賑やかに響く部屋はかなり広い。

　壁三面に設置された、天井まで届く棚には、色とりどりの生地と反物、一枚革、ファスナーやボタンやバックルなどの夥しい服飾資材が収められている。

　約二十人のスタッフが作業の手を止め、視線を向けてくる。真幌は居心地の悪さを覚えたが、皆、白慈を見ていて、それらの視線には明らかな怯えが含まれていた。

「おい、ラッシュ」

「ひっ……」

白慈に声をかけられて振り返った女性も彼に恐怖した。

しかしすぐ真幌に気づいて「あっ！」と声を弾ませ、笑顔になり、クリップボードに挟んだ紙と真幌を交互に確認する。

「新しいガイドくんだよねっ。時間はわからないけどワードローブ室に来る予定だって、朝のミーティングでお知らせがあったんだ。はじめまして！　あたし、制服係のラッシュっていいます！　カナダ人です！」

「小泉真幌です」

「病気じゃないのに病衣なんてイヤだよね。制服は異能者ごとに少しずつデザインを変えてるの。真幌くんに似合うおしゃれな制服を作るからね！　さっそく採寸してもいい？」

「……。はい」

可愛らしいシマリスを肩に乗せているラッシュは、白慈と同じくらいの背丈で、日本語が素晴らしく流暢だった。鼻のそばかすとオレンジ色の髪が、彼女の明るい雰囲気によく似合っている。

「ＰＣＢ東京の制服の基本色はね、黒とネイビーとベージュの三種類だよ。その日の気分で着る色を変えたり、夜は黒い制服で仕事することが多いみたい。でもコーラルピンクとかラベンダー色も作れるよ、かわいいよね。真幌くんは何色が好き？」

「何色、でも……」

「じゃあ最初のワンセットは着やすいベージュにしよっか」

するとことがなくなった白慈は椅子にだらりと座り、白蛇と「シャーッ。おらおら」と威嚇《いかく》ごっこを始める。

「……」

急に動悸が激しくなる。那雲が言った通り、興奮抑制剤が切れたと感じた。ふたたび大きな混乱と不安に襲われてしまう。

いったい自分は、こんなところで、なにをしているのだろうか——。

ラッシュの楽しそうなお喋りが耳に入ってこなくなった。

「真幌くんの身長は百七十一センチ！　靴はね、なんでもいいんだよ！　お気に入りのブランドとかある？　タワーにも靴職人がいて、かわいくておしゃれな靴いっぱい作ってるからね。今度、一緒に探そうね」

「タワーのはダセェだろ」

「そ……そんなことないもん」

「見ろよ真幌、このスニーカー〝ROGUE WIGHT《ローグワイト》〟のシリアルナンバー入りレアモデルなんだぜ」

白慈が、ニッと得意気に笑って自身のハイカットスニーカーを指さす。

「――」

限界だった。

真幌は強い眩暈を覚えてしゃがみ込んだ。

「大丈夫⁉　ああっ、ウサギちゃんも弱ってる……どうしようっ」

ラッシュが心配そうに背を撫でてくる。チッ、と舌打ちが聞こえた。

「おまえ順応力なさすぎじゃねえ？　能力の覚醒は病気じゃねえって言っただろうが」

白慈はひどい気分屋で機嫌が大きく変わる。ヘッドホンを外して喋り始めたが、ここにいない誰かと会話しているようにも見えた。

「――おい、俺だ。新入り、今日は使いものにならねえ。部屋に戻せ。ああ、そうだ、ワードローブ室にいる。山狗が盛ったときは助けに行ってやるからよ、あと頼むわ」

そのまま真幌とラッシュを一瞥《いちべつ》もせずワードローブ室を出て行く。

真幌は、駆けつけたふたりの医療スタッフに車椅子に乗せられ、もといた部屋へと戻された。

「ゆっくり横になりましょう。頭痛や吐き気はありませんか？」

「点滴を打ちましょうか？」

「ひとりにしてください」

自分でも驚くほど低い声が漏れた。ケアしてくれる彼女たちに対して最低の態度だ。踏みとどまることができなかった自分が嫌になる。

「……すみません、ごめんなさい。大丈夫です」

「わかりました。では、呼び出し用の端末と常温の水を置いておきますね。ペットボトルは冷蔵庫にも入っています。どれを飲んでも大丈夫ですよ。体調が急変したり、温かい飲み物が欲しくなったりしたら端末で呼び出してくださいね」

「ありがとうございます」

医療スタッフたちが出て行くのを待って、真幌は起き上がった。

昨夜からなにも口にしていなくて喉が渇ききっている。ペットボトルをつかみ、震える手で蓋を開け、水を飲みほした。

〝Biotope〟に、オーナーに連絡したい。無断欠勤だけは絶対したくない。

足許に纏いつく兎を無視して、サイドチェストとキャスター付きのワゴンを探り、クローゼットを開く。真幌のスマートフォンはどこにもない。呼び出し用の端末は【CALL】と表示されているだけで、外部への連絡は不可能だった。

「なんで、だよっ……」

また頭痛がひどくなり、消しようのない憤りを抱えてのろのろとベッドへ入る。掛け布団を頭まで被って身体を丸めた。

――なんで……、僕が、こんな目に……。

真幌にとってPCBは、時折世間を騒がせる不思議な集団に過ぎなかった。熱心に追いかけるでもなく、存在を否定するわけでもなく。

PCBに怒りを覚える日が来るとは思いもしなかった。

『僕も超能力や幽霊は信じないタイプなんですけど、すごく単純なので、もし目の前でPCBの人がパッて消えたら一発で信じ込んじゃいます』――昨日の今ごろ女性客に話した、軽々しい言葉を真幌は自嘲する。

「異能者……？　そんなもの、信じてたまるか……」

兎が懸命に布団の中へ入ってくる。今はふわふわの感触すら厭《いと》わしかった。

「ほっといてくれよ」

強盗犯たちに襲われ、凄まじい恐怖に陥れられた。佗助に助けられたと思ったら性交まがいのことをされ、目が覚めたら知らない場所にいて、出勤できず電話連絡さえ叶わない。いつまで悪夢を見ればいいのだろう。

そう、これは夢だ。夢であってほしい。寝て起きたら段ボール箱だらけの古ぼけた部屋であってほしい――兎が震えているのを背に感じながら、真幌は深い眠りの淵へと逃げた。

次にまぶたを開くと室内が真っ暗になっていた。
焦って起き上がる。センサーが備わっているのか、淡い照明が自動でついた。当然のように
そこは段ボール箱だらけの自宅ではなく、真幌の望みはあっさり断たれてしまった。
壁に埋め込まれたデジタル時計が二十二時四十五分を表示していることに驚く。混乱や絶望
感から逃れるためとはいえ、長く眠りすぎた。ベッドをおりてクローゼットの横の引き戸をス
ライドさせる。中央に洗面台、左側に浴室、右側に探していたトイレのドアがあった。
中までついて入ろうとする兎を押し返し、ドアを閉めた。用を足してトイレから出ると、兎
が「プッ、プ！」と鳴き、抱き上げろとばかりに前脚《まえあし》を伸ばしてくる。冷たく背を向けて眠っ
たことに罪悪感を覚えるくらいの必死さと可愛らしさだった。
「わかったよ。ちょっとだけ待って」
手と顔を洗い、ラックに積まれたフェイスタオルを借りる。
洗面台を離れてベッドの近くへ戻る。抱き上げるなり、兎は嬉しそうにヒシッとしがみつい
てきた。
「伴獣、だっけ……。分身なんて嘘だ、どこかから紛れ込んだんでしょう？」
真幌の投げやりな問いかけに、兎はまぶたを閉じてウウンと顔を振った。会話のようなやり
とりがきちんと成立してしまって、なんとも言えない心持ちになる。
「もう一回スマホ捜すから。……わ、っ」

床におろそうとするとジタバタして、ピョンと跳ねて肩に乗ってきた。

うなじに座ったり後頭部につかまったりする兎をそのままに、真幌はふたたびサイドチェストの引き出しを開け、キャスター付きのワゴンを探る。空の引き出しが多い。クローゼットも、新しいシーツと薄手の毛布が入っているだけだった。

「スマホも財布もどこにあるんだよ。警察かな。それとも、あの美馬って人が……？」

部屋のドアへ近づく。後頭部にくっついている兎に「飛び出さないでよ」と小声で言い、ドアをゆっくりスライドさせ、慎重に外の様子をうかがう。

明るく照らされた廊下に監視カメラは見当たらないが、壁や天井に内蔵されている可能性が高いと思った。

「……………」

底の底まで落ち込み、何時間も熟睡したからだろうか。思考する気力が戻ってきていた。

この異常と言うべき状況に、いつもの精神状態でいられないのは当然で、憤りも消えていない。でも、昨夜から長くつづいた大きな混乱は治まっている。

「たしか、〝タワー〟だったよな」

タワーの内部を調べて秘密を暴いてやろうか——そのような悪い考えが浮かぶ。考えるだけで、実際は、白慈が『メシ食える場所』と教えてくれた三十二階へ向かう勇気すら出ないけれど。

探るのは諦めてドアを閉め、あらためて室内を見まわした。

白を基調とした部屋は、病室と言うには少し違和感がある。サイドチェストもクローゼットも、テーブルと二脚のクッション付きの椅子も、インテリアショップに置いているような洒落たデザインだった。

ドアと反対側の壁に、縦長のフィックス窓がみっつ並んでいる。

肩からするすると滑り落ちてきた兎を抱き直し、真幌は窓の外を見た。

「高い――」

ネオンの海が、遥か下方に広がっていた。足が一瞬すくむほどの高さだ。周りの景色を見渡し、港区《みなと》か中央区《ちゅうおう》あたりと推測する。

「……最悪だ」

勤務先に電話連絡できないまま、一日が終わってしまった。

ふたりの強盗犯は逮捕されたに違いない。真幌が被害に遭ったと、〝Biotope〟へ伝わっただろうか。伝わっていたらオーナーたちをひどく心配させることになり、伝わっていなければただ無断欠勤したことになる。どちらにしても気が滅入る。

腕の中で鼻をピスピス動かす兎はもう震えていない。でも、どこか寂しそうだ。

「おなかすいてるのかな。僕もすいたよ。水を飲む？」

ウウンと顔を振った兎を、優しく撫でる。〝精魂が動物の姿になってあらわれたもの〟と聞いたけれど、そうは思えないくらい温かくてモコモコだった。

少し落ち着きを取り戻せた頭で考える。

信じたくないが、ここは異能者とやらが所属するＰＣＢの本拠地なのだろう。

その組織の行動はあまりにも常軌を逸している。

佗助は、センチネルというものになったのかもしれない。しかし真幌はなにも変わっていない。異能の力など断じて持っていなかった。

今、頭の中にあるのは「脱出」の一択だ。

強盗犯たちに襲われた恐怖が残っているせいで、深夜に動くのは難しい。薄明の時間を狙って抜け出すことにする。都心三区なら交番も多く、すぐ見つけられるはずだ。

――やっぱり三十二階へ行ってみようか……。

脱出経路を探している途中で誰かに会っても「食事をしに三十二階へ」と具体的に言えば切り抜けられる。それに走って抜け出すなら、なにか胃に入れておく必要がある。二十三時を過ぎた今、食事できる場所が開いているかは不明だが――。

思案を巡らせていると、急に兎が耳をピンッと立てた。

真幌は兎の動きが理解できた。

佗助と銀の狼が、この部屋へ近づいてきている――なぜだろう、はっきりと感じた。

ジタバタ動く兎を抱きしめてドアを凝視する。すぐに音もなくスライドし、隙間から狼が鼻先を覗かせた。

「……！」

ドアを開けた狼につづいて、トレーを右手で持ち箱を左脇に抱えた佗助が入ってくる。

真幌は身を強張らせた。どうして姿が見えていないのに存在を感じることができたのだろう。

警戒して一歩うしろへ下がる。狼と兎がいるとはいえ、佗助とふたりきりになるのは怖かった。

髪を束ねた佗助はまた眼鏡をかけている。ベージュのマウンテンパーカーも、サイドに【PCB】のロゴが施されたカーゴパンツも、昼に出て行ったときと同じだった。

うなじのタトゥーは、今は服に隠れて見えない。幼いころはおとなしくて我慢強かった佗助が、欲情に駆られるまま真幌を押し倒し、タトゥーを施すまでに変貌してしまったのが悲しい。

「腹、減ってるだろ」

テーブルに置かれたトレーには幾つかの皿が載り、湯気が揺れている。料理のいい匂いが離れた真幌のところまで漂ってくる。

「あと、これ、ラッシュが用意してくれた。三日分のTシャツとジャージと、パンツと靴下」

箱を椅子に置いた佗助の態度は、昨夜や今日の昼と違ってよそよそしい。

冷蔵庫からペットボトルを取り出してテーブルに置き、大きな背を丸めてぼそっとつぶやいた。

「真幌が、おれのこと怖がってるって。無理やり契約したらだめだって紅丸《べにまる》に叱られた」

また〝契約〟だ——昨夜も今日も聞かされたそれに、いったいどんな意味があるのだろう。

なぜ佗助は〝契約〟にこだわっているのだろうか。紅丸とは誰だろう。わからないことが増えていく。

真幌は目を瞠る。

昨夜、狼から分かれた塊が佗助に変化する瞬間を目の当たりにしたが、それと逆の現象が起きた。長躯が透き通って揺れ、煙のようになり、やがて銀の狼と一体化した。

「これなら怖くない？」

狼でも怖いし変身すること自体が恐ろしい。美馬が言っていた『五感と身体能力が超発達した異能者』だけでは情報不足で、佗助が姿を変えるのは怪異な現象にしか見えなかった。

「あっ」

寂しそうだった兎が元気になって腕から飛び出す。警戒する真幌を置いて、狼のところへ跳ねて行ってしまった。銀の狼は――否、佗助は、兎の尻の匂いをふんふん嗅ぎ、真ん丸のしっぽごとカプッと噛む。

びっくりした兎は毛をぼふっと膨らませ、真幌は思わず大声をあげた。

「その仔のこと食べたらだめだ！」

「食べない。気をつける。真幌は飯を食って。タワーの飯はうまいから」

しっぽから口を離した佗助をしばらく見つめていたが、警戒心が空腹に負けた。いきなり伸しかかってこないか、狼の動きを確認しつつ、そろりとテーブルへ近づく。椅子に座ってトレーに視線を落とし、驚いた。

「なに……これ、どうしたの」

野菜のテリーヌとサーモン、海老のクリームパスタ、バジル入りのパン、スープ、チョコレートスフレまで――どれも手が込んでいて、美しい模様が入った皿に盛られている。

「タワーの食堂は二十四時間ずっと開いてる。いつ食ってもいいいし、飯を自分の部屋へ運んでもいい。真幌の好きな海老とチョコレートを取ってきた。多かったら残して。おれが食う」

豪華すぎて怪しいが、自分の大きな腹の音を聞いた真幌は「いただき、ます」と手を合わせた。

食事をとりながら考える。

昨夜の乱暴な行為は、簡単には許せない。今も問い責めたい思いがあった。しかし口にするのは恥ずかしく、蒸し返せばまた欲情を刺激してしまうかもしれない。やめておいたほうがいい。佗助がわざわざ狼に姿を変えたのだから、なおのこと。

強盗犯から助けてもらった礼も伝えられず、真幌は複雑な気持ちのまま食事をつづけた。

佗助は夢中で兎と戯れている。

「……………」

行方知れずの幼馴染みが突然あらわれたかと思えば、ＰＣＢの一員になっていたり狼に変身したり、目の前で起こる出来事があまりにも非現実的で、考えるほどに食欲がなくなっていく。

しかし料理は美味く、残すのは嫌なのでパスタを口へ運んだ。

チョコレートスフレを食べ終えてスプーンを置き、ふたたび手を合わせると、佗助が兎を頭に乗せてトットッと近づいてきた。

「うまかった？」

「全部おいしかったよ……ごちそうさま」

もふ、と顎を膝に乗せられて一瞬びくついたが、佗助は座ってまぶたを伏せ、じっとしている。短くて濃い狼のまつげも、髪と同じようにわずかに青みを帯びていた。

——撫でてほしいけど、怖がられてるから無理かな……。真幌を怖がらせたくない。

「……！」

まぶたと口を閉じている佗助の声が、今はっきりと聞こえた。耳ではなく頭の中に響くようだった。

姿を見る前に佗助の存在を感じたり、聞こえないはずの声を聞き取ったり、先ほどから不思議な感覚がつづいている。真幌は震える手でそっと銀色の獣毛を撫で、訊ねた。

「佗ちゃんの、……伴獣、は……狼？」

「ちがう。おれは山狗だ」

「狗？　僕、狼だと勘違いしてた」

「山狗と狼は、よく似てる」

長い尾が、ふぁさふぁさ揺れた。兎も真幌の膝に乗り、撫でてと言いたげに額を突き出して

くる。腹を満たしてくれた温かい料理と、二種類のもふもふとした手触りだけで、佗助への警戒を少しずつ解いていく自分は単純だと思った。

「真幌。——ごめん」

佗助はまぶたを閉じたまま、深くまで裂けた山狗の口をゆっくり動かす。

「おれ、浮かれてて。やっと迎えに行けたのも、おれの腕の中に真幌がいるのも、嬉しくて嬉しくて、真幌が怖がってるのに気づけないくらい、浮かれてた」

「そう、か……。浮かれてたのか……」

幼いころから表情をあまり変えない佗助の、喜びや悲しみや思いを、真幌はずっと隣で感じ取ってきた。だから昨夜の彼の感情を察知できなかったのはやや心外だった。尤《もっと》も、深夜に突然あらわれ、あの勢いで襲いかかられては察しようがないけれど。

「那雲に『説明が先でしょ！』とか、紅丸たちに『無理やりは嫌われる』とか叱られるし、美馬にもめちゃくちゃ怒られて……」

「あれ……しっぽが」

話すうちに耳がぺたりと倒れ、さっきまで揺れていた長い尾がしおしおになっていく。床におりた兎が、垂れてしまった尾を「むっ、む！」と懸命に持ち上げる。その様子は少し不憫で、微笑《ほほえ》ましい。

「真幌のそばにいられるから、おれは、これからもずっと浮かれっぱなし。だけどもう絶対に真幌を怖がらせない」

佗助らしい静かな口調と言葉選びだった。強盗犯に襲われたときから混乱と恐怖がつづいていたが、真幌は初めて唇を笑みの形にする。

そして、長いあいだ想像してきた再会を思い浮かべた。

——大学生になった佗助と街中のカフェで待ち合わせる。当然、数時間では話し足りなくて、ふたりで真幌の家へ行く。日をあらためて〝Biotope〟に来てもらうつもりだったけれど、逸る心が抑えられずに、自宅で佗助の髪をカットしたかもしれない。そうしてテレビを観たりゲームをしたり、眠くなるまで楽しく過ごす——何度も想像してきた再会は、ごく普通のものだった。

想像通りだったなら、佗助より真幌のほうが浮かれていたと言い切れる。

しかし今、真幌の気持ちはひどく複雑になってしまっていて、再会を心から喜ぶことはまだできなかった。

「……？」

ふいに、山狗の獣毛を撫でる手のひらに、びりびりとした強い痺れを感じた。

手を離すと刺激は消えた。真幌の手が痺れたのかと思ったが、違う。痛みを伴うほどの痺れを帯びているのは、山狗の身体だ。

「佗ちゃん？」

「ん」

「……なんでもない」

佗助は痺れや痛みに苛まれている様子を見せず、まぶたをゆっくり開いた。

「PCBのこと、センチネルとガイドのこと、美馬から聞いた？」

「説明されたけどぜんぜんわからない。僕にはなんの力もないよ」

「真幌のガイドの能力、おれはもう感じてる。ありがと。真幌も少しずつわかるようになる」

「……………」

「おれは、長野の中学の寮でセンチネルに覚醒した」

兎が跳ねて膝へ戻ってくる。なぜ佗助が『ありがと』と言ったのか不思議に思ったが、静かに語り始めたので真幌は耳を傾けた。

「覚醒したとき、一瞬だけ意識が飛んで倒れた。起きたら間近に美馬が立ってて『PCB東京へ連れて行く』って。おれは真幌がいる東京に戻りたかったから寮を出た。センチネルが伴獣に姿を変えるのを〝獣身化〟って言う。おれはすぐ獣身化できた。山狗の姿で長野から東京まで走って、真幌に会いに行った」

「それが……あの、最後に会った夜？　僕が十五歳で、佗ちゃんが十三歳になったばっかりの、七月初めの……」

「そう。美馬が許可したのは一分間だった。伝えたいこと、いっぱいあったけど、真幌の顔を見たら言葉が出てこなくて。必ず迎えにくる約束だけは、しておきたかった。おれはその夜にタワーへ入った。――毎日、真幌に会いに行くつもりだった。でもＰＣＢは異能者が一般人と深く関わることを禁止してる。だから、真幌がガイドに覚醒した瞬間に迎えに行くと決めて、それまで離れた場所から守ることにした」

目を瞠った真幌は、感嘆のようなものを覚える。物静かなところは変わらないが、これほど能弁な佗助を見るのは初めてだった。真幌が何度か問いかけて、ようやくぽつりと答えるだけの、昔の彼とは違う。

「美馬さん、から聞いた。なんで佗ちゃんは僕が……ガイド、になるって思ったの？」

「最後に会った夜、真幌からガイドの匂いがした。それにガイドは、センチネルの思考を読み取る能力を持ってる――真幌もそう、昔からおれがなにを考えてるか当てられた」

真幌が佗助の考えを感じ取ることができたのは、そばで瞳の動きや些細な仕草を見て推し量っていたからだ。超常的な力ではない。だが今それにこだわっても、ガイドではないと言い張る真幌と、ガイドだと言い切る佗助の堂々巡りになるだけのような気がした。

「どうやって僕の引っ越し先を知ったんだ？　その……異能の力というのを使って？」

「うん。集中すれば二十キロくらい先まで視える。真幌が誰かに襲われないか、事故に巻き込まれないか、ずっと見てた。集中しなくてもいつも視えすぎるし聞こえすぎて苦痛だから、視力を落とす眼鏡をかけて、聴力を抑えるピアスをつけてる。おれの目と髪の色が変わったのは、力が強くて覚醒する前から漏れ出してたからだって、美馬が言ってた。特殊な例みたいで、おれには観察員が付いてた」

嘘をつかない幼馴染みの説明は、美馬や那雲から話を聞くより幾分ましで、少しは受け入れられる。

しかし、だんだん腹が立ってくる。

七年近くもひたすら再会を待ち望み、行方知れずの佗助を案じつづけた。そのあいだ佗助は真幌の居場所や行動を把握していた。

それは狡《ずる》すぎるだろう。どれだけ心配したと思ってるんだ、あてもなく待つことのつらさも知らないで——真幌は苛ついた勢いで捲し立てるように訊いた。

「ＰＣＢってめちゃくちゃ怪しい組織だね、佗ちゃんどんな仕事してるの？　危険なことしてない？　怪我は？　労災入ってんの？　福利厚生は？　法に触れるような真似やらされてたら、僕、本気で怒るからな」

「どんな仕事か真幌に知ってほしい。でも機密事項で、まだ言えない。ガイドの能力が安定したら情報を共有できる。労災とか福利厚生は、ごめん、知らない。ちゃんと調べて真幌に伝える。怪我したことないよ、慣れてるから」

「慣れてるって、なんだよ……佗ちゃんまだ十九歳だろ、いつから働いてるんだ？　中学は？　高校は？　ＰＣＢは責任持って卒業させたのか？　元気にしてるよって、電話できなかった？

短い手紙でもハガキ一枚でも、送ってくれたらそれだけで安心できたのに」

「真幌がガイドに覚醒するまで、すべての接触を禁止された。電話で声を聞いたら会いに行ってしまうし、一回会えば、毎日真幌のところへ行ってしまうってわかってたから。ごめん」

「……………」

「タワーの中に私学みたいなところがある。そこで十八まで勉強しながら仕事してた。希望すれば大学受験もできるし、ＰＣＢは教育に力を入れてるって誰かが言ってた。おれはＰＣＢが決めた受験可能者の条件に該当してない。進学するつもりもなかったけど」

打てば響くような答えに思わずまた感心してしまい、口を真一文字に結ぶ。約七年間の鬱憤を一気にぶつけて、苛立ちは消えた。

佗助と両親については真幌の母親も心配しているが、修復不可能な関係とわかっているから訊くのは気が引ける。

「私学か。まぁ、先生が……大人が近くにいて、よかった。じゃあ佗ちゃんは十三歳からタワーに住んでるってこと？」

「どこに住んでるか、わからない」

「えっ……」

「タワーの中の部屋は、雨の日に寝るときに使うくらいで、タワーの外にあるひとり暮らしの家はほとんど使ってない。真幌がいる東京なら、どこでもいい。電波塔の天辺とか高いビルの上で過ごしたり、夜は急に仕事が入ったりする」

真幌がいる東京なら——佗助が静かにこぼした言葉に、胸がきりっと痛んだ。

『どこに住んでるか、わからない』なんてひどく寂しいことを、淡々と言ってほしくない。真幌のほうが心細くなってしまう。

無性にそうしたくなり、青みを帯びた銀の獣毛をわしゃわしゃ撫でる。そして、伝えられていなかったことをようやく口にした。

「昨日……助けてくれて本当にありがとう。佗ちゃんが来てくれてなかったら、僕、ナイフで大怪我させられたと思うし、もしかしたら命も危なかったかもしれない……」

「真幌の家に入る前に、獲物を狩るつもりだった。でも別の仕事が片づかなくて、焦った。真幌に怖い思いをさせてしまった」

むう、と佗助が眉間に皺を刻む。獲物とは、犯人のことだろうか。確か白慈も同じ言いかたをしていた。

山狗の眉間を指先で撫でて皺を伸ばす。

「ごはんも、ありがとう。チョコスフレ嬉しかった。食器を返しに行かないとね」

「朝で大丈夫」

うなずき、皿に残ったソースやドレッシングをティッシュペーパーで拭き取る。汚れた部分を内側に畳んでごみ箱に捨て、壁のデジタル時計を確認して驚いた。

「ええっ、もう二時過ぎてんの？　歯磨きしたいけど歯ブラシあるかな……」

「歯ブラシある。こっち」

佗助が兎を頭に乗せ、脱衣所へ歩いていく。あとを追って引き戸をスライドした。

「洗面台の鏡、扉になってるから開けて」

ミラーキャビネットの扉を開くと、さまざまなアメニティ用品がストックされていた。

「これ本当に使っていいやつ？」

怪訝に思って確認したのは、固形ソープも歯ブラシセットも、銀箔が施された高級感のある紙箱に入っているからだった。美しい皿に盛られた料理といい、洒落たデザインの家具といい、やたら金をかけている印象がある。

「怪しい……、とにかく怪しすぎるよＰＣＢは」

ぶつぶつ文句を言いながら歯ブラシセットを手に取った。

歯を磨いて顔を洗うあいだ、そばに座る山狗と、彼の頭に乗っている兎が、じぃっ…と視線を向けてくる。やりづらくてしかたない。タオルを顔にくっつけたまま、ちらりと見ると、佗助がパタッと尾を揺らした。

「黄色い石のピアス、きらきらしてて綺麗。似合ってる。でも、おれが買いたかった。今度、別のピアスをおれが真幌に買う」

「う……」

佗助の瞳に似たインペリアルトパーズのピアスを迷わず選んだとは、絶対に言えない。

それに、なぜ佗助がピアスを買うことになるのだろうか。頭がぐるぐるしだす前に話題の転換を試みた。

「佗ちゃんも、ブルーシルバーの髪と金の瞳、綺麗で素敵だよ。山狗の姿は、まだ……慣れないけど、眼鏡もリングピアスも似合ってる。ただ、タトゥーはどうかと思う」

佗助と兎が、揃って目をぱちぱちさせる。気になってしかたないタトゥーのことを言ってしまった。

「ファッションやおしゃれとして浸透してるのはよくわかってる。でも、タトゥーを入れなくても、佗ちゃんは背が高くて筋肉もついてて格好いいのに――」

「真幌のうなじにもタトゥーがある。みんな、タワーに来た日に那雲に入れられる」

「え‼」

思いもよらない信じがたい言葉に、とっさに首のうしろを触った。慌てて三面鏡に背を映して病衣の襟を下げ、これ以上ないほど目を見開く。

【17071/　】の数字とバーコードのタトゥーが、うなじに黒々と刻まれていた。

その不自然さとおぞましさに、ぞっと肌が粟立つ。

「なにこれ！　なんで……、なんでだよっ！」

「〝保全印〞って言う。センチネルとガイドを守るためだって聞いた」

「そんなわけないだろ！　簡単に信じるなよ！」

ＰＣＢへの怒りで頭が熱くなる。大股で洗面台を離れた真幌は、ついてくる佗助に向き直って声を荒らげた。

「本当に守るためのものなら、どんな役目や効果があるのかを説明して、本人の同意を得てから施術するはずだっ。無断の施術は犯罪だぞ！　佗ちゃんに……十三歳の子供にタトゥーを入れるなんておかしい！　僕にも勝手に注射を打ってきたし、あの那雲って人は怪しいよ！」

「おれは気にならない。那雲のことも、どうでもいい」

「……っ」

自身も関わっていることなのに、なぜこんなに他人事なのだろうか。佗助はなにごとにも無頓着すぎる。感情を表に出さないから余計に冷たく見えた。

怒りを持て余した真幌は勢いよくしゃがんで顔を伏せた。

――絶対に出て行ってやる……！

「人の姿になってもいい？」

そっと探るような声が、静かに降ってくる。

伏せたまま首を横に振り、悪態をついた。

「人の姿に〝なって〟って、なんだよ。人の姿に〝戻って〟でしょ？　それとも佗ちゃん、人間じゃなくて山狗なわけ？」

当たり前だが、返事はない。

我ながらひどい言いようで、八つ当たりをしている自覚は充分ある。引っ込みがつかなくなった真幌は顔を上げ、青みがかった綺麗な獣毛をぐしゃぐしゃにした。

「なんなんだよ！　はらたつー！」

「真幌、元気になった。部屋に来たときは泣きそうな顔してて、おれも苦しかった。いつもの真幌になってよかった。嬉しい」

冷淡なほどタトゥーや那雲に無関心だったのに。もさもさに乱された毛もそのままに、佗助は長い尾を振る。

拍子抜けして、激昂も静まった。確かに怒る元気も戻ってきたな……などと思いながら山狗の毛並みを丁寧に整える。

「いろいろ起こりすぎて疲れる……。僕もう寝るよ」

「ん」

廊下まで見送るつもりでドアへ足を向けたが、佗助は反対方向へ軽く跳躍した。

ベッドに乗り上がって寝そべり、兎を前脚で包むように抱いて、被毛を山狗の鼻先でもふもふし始める。食べられると思ったのか、兎は脚をピーンと伸ばして固まった。

「………」

一緒に寝るのが当然という行動には、大きな疑問がある。しかし『どこに住んでるか、わからない』佗助を、この部屋から追い出すような真似はできないし、したくない。

人の姿で襲われた昨夜よりずっとましだ――自分に言い聞かせた真幌は、ラッシュが用意してくれた箱からTシャツとジャージを借りる。

トイレを済ませ、脱衣所で着替えた。

見ないほうがいいとわかっているのに、また三面鏡に背を映してしまう。うなじに刻まれた、数字とバーコードのタトゥー。佗助たちを捕まえておくための施術としか思えない。よく見れば真幌のタトゥーは【17071/　】で、スラッシュのうしろに空白がある。数字の意味も空白の理由もわかるはずがなく、ただ不気味だった。

「PCB。……最悪の組織だ」

照明を消し、ベッドに入って羽毛布団を被る。佗助と兎が競い合うように、真幌の首許に顔を突っ込んできた。山狗のふさふさと兎のモコモコは心地いいけれど、少し苦しい。

「おれは仕事から帰って風呂に入った。真幌は入らない？」

「そこまで世話にならないよ。家に帰ってシャワーを浴びる。そして明日は必ず出勤する！無断欠勤なんて本当に、本っ当に最低だ」

「真幌は研修を受けて、ガイドの能力が安定するまで、一週間くらいタワーから出られない」

「一週間も!?　そんなの絶対だめだっ」

「決まりだから、しかたない。大丈夫、真幌の心配事はおれが全部消す。勤め先へ連絡もできる。朝、美馬に話をつけるから」

「決まりなんか知らないよっ、なんでそんな一方的なわけ？　こっちの事情は――、……え、佗ちゃん？　嘘でしょ……」

真幌の首許に鼻先を埋めた佗助は、すでに眠っていた。

深い溜め息をつく。兎が顔を覗き込み、被毛で覆われた小さな前脚を、ぽふ、と頬に乗せてくる。

「心配してくれてるの？　ありがとう。大丈夫だよ、ウサさんも寝てね」

指先で額を優しく撫でるうちに、兎もプゥプゥと寝息を立て始めた。

真幌はひとり、天井を睨みつける。

突如、制限された自由と、無断で施されたタトゥー。PCBへの不信の針は振り切れた。

タワーの一階へ行く方法はわからない。仮に夜明けを待って逃げ出せたとして、美馬に責められるのは佗助だろう。そして真幌は必ず連れ戻される。

どうすればいいのか考えが少しもまとまらず、苛立ちに襲われかけたとき、山狗の口がモニョモニョ動いた。

「まほ、ろ……」

眠る佗助が名を呼ぶ。――ふたりとも幼かったころと同じように。

「………」

ふたたびこぼした溜め息に苛立ちを乗せ、手放す。

さまざまなことが怖いほど大きく変化してしまった。でも、変わらないこともある。それを頼りに、明日からの現実と向き合うしかない。

夜明けの脱出を諦めて、真幌はまぶたを閉じた。

3

『くらいよ……こわい。まほろ、ぎゅってしていい？』

『うんっ、いいよ！　目、閉じてて、僕がつれていってあげる』

夢の中の真幌は八歳、佗助は六歳くらいだろうか。自宅に泊まりにきている佗助と、真夜中にふたりでトイレへ向かう。

本当は真幌も怖い。でも二歳もお兄ちゃんだから、佗ちゃんを守らなきゃ――自分を奮い立たせ、うしろから抱きついてくる佗助を連れて廊下を進んだ。

順番に素早くトイレを済ませ、また前後にくっついて部屋へ急ぐ。うとうとしている佗助をベッドに横たわらせると、小さな唇がモニョモニョ動いた。

『まほ、ろ……』

『佗ちゃん、おやすみー』

可愛らしい寝顔を見て、柔らかな枕に頭を乗せる。すると、ゴッ、という感触がした。


「なん、で？　まくら、硬――」

眩しい朝陽と自身の寝言で目が覚めた。

まぶたを開いて気づく。横臥する真幌の頭の下にあるのは、筋肉質の腕だ。

「うわーっ！」

驚いた拍子にベッドから落ちそうになった。昨日と同じように、起き上がった佗助に腕を取られて引き戻され、胡坐に座らされる。

「ひ、ひどいぞ、寝てるときに変わるなんてっ」

「……ごめん。わざとじゃない。ここに来てから熟睡したの初めてで、山狗のつもりでいたけど、知らないあいだに分かれてた」

「え……？」

初めて熟睡したとは、どういうことだろう。

タンクトップ姿の佗助は大あくびをして眼鏡をかける。信じにくいが、この眼鏡には視力を落とす機能があるらしい。見えた犬歯は長く尖っていて、肉食獣の牙にそっくりだった。銀髪や金の瞳は見慣れているけれど、人ならざるものの雰囲気の強さに戸惑ってしまう。

佗助は乱れた髪を掻き上げ、眠そうなかすれ声で言った。

「何時から仕事?」

「九時。でも、できるだけ早く出勤して昨日の無断欠勤を謝りたい」

金色の目の動きにつられて、真幌も壁のデジタル時計を確認した。

七時四分——。

山狗は床で丸くなり、自身のふさふさの尾を枕にしてまぶたを閉じている。大きな体躯の中心のくぼみに、兎がすっぽり嵌まって心地よさそうに眠っていた。

「美馬に話をつけにいく。真幌、シャワー浴びるだろ」

「タオルで拭くだけにする。ちょっと待ってて」

「ん」

短い返事も、幼いころと変わらない。佗助の胡坐に乗ったままになっている真幌は、焦ってベッドをおりて洗面台へ向かう。兎が目を覚まし、あとを追ってきた。

温水で濡らしたタオルで身体を拭くあいだ、兎はせっせと毛づくろいをする。

「なんだよウサさん、いつの間にか狗さんと打ち解けちゃってるし。シッポとおしり噛まれたの忘れてるでしょ」

両方の前脚で顔をごしごし洗う可愛らしい様子を、じっとりした目で見ると、兎は「プッ、プン」と鳴いた。

皆で部屋を出る。

兎を抱き上げてエレベーターの奥に立った。山狗が真幌にぴったりくっついてくる。

マウンテンパーカーのポケットに片手を入れる佗助の、広い背を見て言った。

「本当に……大きく、なった、ね。僕より背が低くて細かったのに。〝超発達した身体能力〟というもののせい？」

「それもあるけど、仕事をうまく捌《さば》くために、毎日トレーニングルームで鍛えてたらこうなった」

「身長は？　百九十センチを超えてるのはたしかだよね」

「何センチか知らない。気にしたことなかった。月に三回メディカルチェックがあるから、そのとき確認して真幌に伝える」

無頓着が過ぎる佗助は、自身の容姿にも興味を持っていないようだった。髪と瞳の色が異なることでつらい思いをしてきたから心配していたが、今はどう考えているのだろう。

その青みを帯びた銀髪は、寝起きのままのせいで美しさが霞むほどぼさぼさだ。不揃いの毛先を見れば、時折自分でざっくり切っていることがわかる。

「……………」

佗助のために美容師を目指したのだから血が騒ぐのは当然で、今すぐ銀髪をカットして整えたくなった。

佗助はエレベーターをおりて廊下を進み、ノックもせず局長室のドアを開く。

柴田が土佐犬とともに執務デスクのそばに立っていて、うんざりした。へらへら笑う那雲がここにいたら、タトゥーを入れられた怒りが爆発して殴りかかっていたかもしれない。

しかしすぐ思い直す。実際に施術するのは那雲だが、指示を出すのは局長である美馬ではないだろうか。

その美馬は、ピンストライプの三つ揃いを着てエグゼクティブチェアに座っていた。フレームの細い眼鏡と、整えられた艶のある黒髪。朝から完璧で隙がない。執務デスクの前に立った佗助と真幌へ、余裕のある微笑みを向けてくる。

「おはよう、佗助。小泉君はゆっくり休めましたか？」

「……おはようございます」

問いかけには答えづらく、挨拶だけで濁した。

昨日、香木で羽づくろいをしていた大烏《おおがらす》は、今日は美馬の肩に止まっている。彼の伴獣だろうか。街中で見るカラスよりも大きくて美しく、つい視線を向けてしまう。そのとき、大烏の脚が三本あることに気づいて、真幌は静かに驚愕した。

佗助は挨拶も前置きもせず本題に入る。

「真幌は意欲的に働いてた。いきなり消えたら不自然に決まってる。勤め先に連絡させろ。真幌が納得しない限りPCBの研修は受けさせない」

「貴方は昔から小泉君のことを話すときだけ多弁になりますね。普段は心配なほど寡黙で、数日間、口を開かないこともあるのに。私はとても嬉しいです」

美馬は上辺ではなく、本当に嬉しそうに目を細めた。

そして、ファイルを開いて見せてくる。

「異能の力に目覚めた者をタワーに連れてきて終わりではありません。勤務先・学校・家庭への対処パターンは、年齢や生活環境、覚醒した状況によって異なります。——小泉君は犯罪被害による精神疾患を発症し入院となりました。本日より休職します。こちらは休職のための診断書です」

「診断書⁉　精神疾患ってどういうことですかっ？　休職なんかしません！」

「これは貴方の社会的立場を保持するための手立てです」

ファイルに収められた、【小泉真幌】の診断書。

病名欄には【急性ストレス障害】と記載され、医師の署名欄には【那雲頼人《よりと》】と記入されていた。真幌は憤りで声を震わせる。

「本当に苦しんでる人がたくさんいるのに、嘘に利用するなんて最低だ！」

「黙れ。昨日の話を聞いてなかったのか？」

乱暴に遮ってきたのはまた柴田だった。兎が腕から飛び出し、山狗の身体の下へ潜る。

「説明したはずだ、覚醒した状態で日常生活を送れば周囲の者にも危険が及ぶと。出勤？　できるものならやってみろ。ＰＣＢの保全下から抜けたガイドが無事でいられると本気で思ってるのか？　おまえが飢えたセンチネルの襲撃を受けて、他者が巻き込まれて死んだとしたら、おまえどうやって責任取るつもり――」

「黙るのはおまえだ土佐犬」

今度は佗助が低い声で遮った。山狗が柴田を威嚇して、土佐犬も牙を剥く。

局長室の空気が張り詰める。恐怖よりも怒りが勝っている真幌は柴田の話を無視し、臆さず言い放った。

「ＰＣＢは勝手すぎる！　うなじのタトゥーもそうだ、知らないあいだに入れられて『守るためのもの』なんて誰が信じますか⁉　無断の施術は犯罪だっ」

「尤もです。施術前に説明しなかったことを申し訳なく思っています。――〝保全印〟には、異能者の現在位置を特定できる特殊液剤を用いています。活動中、生命に関わる重傷を負った場合、直ちに医療スタッフを向かわせるためです。また、覚醒したばかりの異能者がタワーを抜け出し、その先で能力が暴走し、保全印を施していなかったために発見が遅れ、死亡した例は世界に多数あります。ＰＣＢ東京も例外ではありません。タワーに入った直後に施術するのは、これを確実に回避するためです」

説明を聞いて違和感が一層増した。

やはりPCBに囚われているということではないか。佗助も、真幌も。

「非常におぞましい極論で、国際PCB条約によって厳禁となっていますが、異能者の脳内や体内にマイクロチップを埋め込み、自我を奪うことも可能なのです。――対して、保全印にできることは限られています。センチネルとガイドを守り救うために、位置情報を正確に把握する。国内および海外のどこででも適切な処置が受けられるように、体質や能力のデータをバーコードに記憶させる。それだけです」

恐ろしくて不快な例を引き合いに出し、論点をずらして巧みに言いくるめようとする。わかっているのに反論が思いつかない。

美馬の落ち着きのある透き通った声は、不思議と抗う気を失くさせる。

真幌は怒りが消されていくのを感じながら言った。

「一昨日の夜、警察より先に佗助くんと白慈くんが自宅に来ました。僕の携帯電話はタワーにあるんでしょう？　今すぐ返してください」

「携帯電話と個人の貴重品はPCBで一時保管となります。私や那雲主幹や柴田を含むすべての異能者が同様の対応を受けてきました。貴方だけ特例というわけにはいかないのです。警察に回収されるよりも、タワー内で保管しているほうが安心だと思いませんか」

美馬は綺麗に微笑み、真幌は眉根を寄せる。

この人、最初から僕の話を聞く気がない——そう理解したとき、侘助に手を取られて背に隠された。美馬の声が一瞬だけ弾んだように聞こえた。

「侘助が私に交渉を？」

「おれが交渉するんじゃない。美馬がおれに交渉するんだ」

「山狗ッ！」

物静かな侘助からは想像できない語気の鋭さに、真幌は驚いた。美馬の華奢な手が、大声をあげた柴田を制する。

「どうすれば小泉君にＰＣＢ東京の研修を受けてもらえますか？　正しい知識も得ず、能力が不安定な状態でタワーの外へ出ることがどれほど危険か、侘助、貴方は知っているでしょう。申し訳ないですが診断書の内容は変更できません。休職で呑んでもらいたい。一昨夜の事件は報道されています。実名は伏せられていますがマンションの画像が出ました。小泉君の勤務先のスタッフたちは気づいたはずです。これが最も矛盾が生じない方法なのです」

「今日、九時までに真幌の勤め先へ行け。雇用主に丁寧な説明と、怪我はしてないこと、回復したらすぐ勤め先へ行くこと、この二点を必ず伝えろ。無駄な心配させるな。おれはずっと視てる、聴いてる。真幌の財布はどこだ、先に返せ」

「小泉君の貴重品は、一昨夜、白慈に捜させたのですが見当たらなかったのです。警察が事件現場に入ったため、これ以上の干渉はできません」

「研修が終わったら携帯電話を真幌へ返せ。それまでに財布を見つけ出せ。研修後、真幌は勤め先へ行く。おれが同行する。家族にも連絡させる。携帯電話がこの部屋のどこにあるか、おれはわかってる。返す気がないなら奪うまで」

「調子に乗るな山狗‼」

柴田が野太い声で恫喝し、佗助は鋭い牙を剥き出しにした。パチッ！　と音が立ち、鮮やかな紫色の火花が弾け散る。牙を剥く佗助は肉食獣のようで、真幌は肩を竦《すく》めてしまった。

「柴田。佗助。控えなさい」

美馬が静かに一喝すると、柴田は姿勢を正し、火花も消えた。

今の、妖しい色の火花はなんだろう。はっきりとはわからないが、佗助と柴田、同じ種類の力がぶつかり合って発生したように感じられた。

ひとりだけ動じない美馬が、穏やかに交渉をつづける。

「このあとすぐに、手続き専門の職員を小泉君の勤務先へ向かわせます。怪我なし・回復次第訪問――この二点を必ず伝えさせます。携帯電話の返却時期と、ご家族との接触については、研修修了後にあらためて話し合いの時間を取りましょう。勤務先を訪問したのち、ＰＣＢ東京に貢献を。いかがですか？」

「真幌」

半歩前に立つ佗助が肩越しに視線を向け、返事を促してくる。

拒否すれば彼の行動がすべて無駄になってしまう。それに、今からここを出て〝Biotope〟に出勤しても、オーナーたちを危険にさらすだけになる。不服だが休職を呑むしかない。

ＰＣＢに貢献する気など皆無だ。美馬や柴田が、仮に透視という異能の力を持っていたとしても、人の心までは読めないだろう。真幌は嘘をついた。

「わかりました」

「交渉妥結ですね、佗助。本当によかった、安心しました。優秀なセンチネルとガイドを小泉君の教育係に選任しましたので、七日間の研修、励んでください」

美馬の肩に乗っている大烏が、黒い翼を悠々と広げた。

土佐犬がガウッと吠える。山狗はそれを無視し、ぶるぶる震える兎をそっと咥えてドアへ向かう。つないだ手を佗助に引っ張られ、真幌は局長室を出た。

エレベーターに乗り込むと、兎が「キューッ」と鳴いて抱っこをせがんできた。今になって脚が震えだす。離すとよろけてしまいそうで、大きな手を振りほどけなかった。

佗助はずっと片手をポケットに入れている。白い部屋があるフロアへ戻り、エレベーターをおりたところで足を止めた。口を閉ざし、沈黙が漂う。

「………」

美馬は、真幌のことを歯牙にもかけていなかった。

しかし腹立たしさはあまり感じない。それよりも、佗助が美馬と渡り合っていたことの驚きと喜びのほうが大きかった。

——言葉が荒くなったり、威嚇したりは、すごくびっくりしたけど……。

あんなに力強く話せるなんて知らなかった。十三歳でPCBに入った寡黙な少年が、局長である美馬の信頼を得て、対等に会話できるようになるまでには、相当な努力が必要だったはずだ。

怖いと思っていた大きな体躯を、初めて頼もしく感じながら、青みがかった銀色の髪を見上げる。

「仕事のこと、スマホや財布のことも……ありがとう」

黙り込む佗助に真幌から話しかけるのが、ふたりの常だった。

ふいに、つないだままの手にチリチリというわずかな刺激を感じた。昨夜の痺れに似ているが、佗助はまた痛がる様子もなく振り向く。

「昨日、話し忘れてた。タワーに入るとき、持ってるものは全部回収される。特に携帯は、電源を落としても存在を感じ取れるセンチネルがいるから、絶対に隠せない」

「そうだったのか……。僕の財布はどこにあるんだろう。もし犯人が持ってたとしたら、やっぱり警察に回収、されれ——」

言いながら、目を見開く。

佗助がマウンテンパーカーのポケットから出した手には、見慣れた財布があった。

「こっ、これどうしたのっ？　どうやって……」

「一昨日の夜、獣身化を解いたあと、すぐポケットに入れた。財布とか腕時計は、ＰＣＢの仕事に慣れたら戻ってくる。戻ってくるけど、タワーに真幌のものを取られるのが嫌だった。ほかに大事なもの、あった？　取りに行ってくる」

「ううんっ、取りに行かなくていいよっ、ほら、僕、美容師だから指輪も腕時計もつけないし、手帳も使ってないし、大事なのはピアスくらいだよ、取り上げられずに済んだ」

　嬉しさが込み上げてきて、焦りも交ざり、ぎこちない早口で言ってしまった。

　腕からおりた兎がピョンピョン跳ね、おとなしく座っている山狗の腹に、まふっと顔を埋める。空いた手で財布を受け取った。

「今日、真幌は居住フロアへ移動する。案内された部屋が真幌の個室になるから、財布は引き出しに仕舞っておいて。持ち歩きたいと思うけど我慢して。美馬にばれる。おれの力で隠してたけど、美馬はもう察知してる。その証拠に、おれが『財布を見つけ出せ』って言ったのを聞き流した。気づいてても、個室を探るまではしないから」

「うん、わかった。部屋を移動したら必ず引き出しの奥に入れるね。佗ちゃん、本当にありがとう！　財布すごく嬉しい」

「よかった。タワーの中に真幌を傷つける奴はいない。研修が始まったら、美馬や土佐犬とは関わらなくなる。真幌にいろいろ教えてくれるガイドは、橘《たちばな》って名前の女の人。ＰＣＢ東京で一番まじめで、優しいけど怒ったら怖い」

「なんで橘さんって人が教育係だって知ってるの？　それも……センチネル、の力？」

「うん。研修、不安にならなくていいよ。怖いとか苦しいとか、ないから。話が長くて、ものすごく眠くなるだけ。おれはそれがつらかった」

きまじめな表情と経験談の内容が少しずれていて、可笑しくなってしまった。こうしてなにげない会話ができるのも嬉しくなる。

「ははっ、それはつらいね。僕も、実習は好きだけど講義は苦手なんだよなぁ。居眠りしないように気をつけない、と――」

そのとき急に佗助が長躯を屈め、二十センチの身長差を詰めてきた。

眼鏡をかけた端整な顔が間近に迫り、どきっと心臓が跳ねる。

「真幌。お願い、おれ以外のセンチネルには絶対に触られないで」

至近距離で、金色の視線に搦《から》め取られた。形の美しい眉がわずかにゆがむ。つないでいる手の痺れが強くなる。

誰がセンチネルか区別できないが、切なくなるほどの真剣なまなざしに、思わず小さくうなずいた。

「……ぅ、ん」

佗助の表情はほとんど変わらないけれど、真幌にはわかる。嬉しくて安堵している。そんな顔になっていた。

PCB
VATION BUREAU

「なにかあったら、すぐおれに伝えて。離れてても大丈夫、真幌が呼びかけてくれたら、おれ必ず聴き取るからね」

牙を剥いて怒ったのは数分前のことだった。それが嘘のように今は優しく、声には甘ささえ含まれていた。心臓がうるさくて困るし、恥ずかしい。どれだけ離れていても聴き取れるなら、このどきどきは確実に聞かれてしまっているだろう。

「食堂は三十二階にあるよ。このエレベーターで行ける」

「わ、佗ちゃんは？　朝ごはん……」

「おれは仕事。行ってくる。真幌、ありがと」

感謝の気持ちをもっと伝えるべきは真幌のほうなのに。大きな手が、名残惜しそうにぎゅっと握ってくる。手が離れると、びりびりとした刺激も消えた。

昨夜と同じだ。やはり、あの強い痺れは佗助の身体にある。

気をつけてと口にする間もなく、佗助と山狗は駆けながら一体化した。兎が懸命に跳ねて追いかける。銀色の山狗は壁を通り抜け、すぐに見えなくなってしまった。

「………」

空いた手を、まだ高鳴っている胸に当て、考える。

ＰＣＢへの不信感は拭えない。でも、佗助のおかげで、最も気がかりだった無断欠勤は回避できた。研修後に〝Biotope〟へ行く約束まで勝ち取ってくれた。

オーナーに嘘をついたのも、疾病を嘘に利用したのも心苦しくてしかたないが、七日間と決まっているから、どうにか耐えられる。

――受けたらいいんだろ、研修。こうなったらPCBのこと知り尽くしてやる。

〝保全印〟と呼ばれるタトゥーについても、曖昧に終わらせる気はない。

熟知して判断する。もちろん先によく話し合うが、佗助と連れ立ってPCBを出る可能性は充分にある。逃げるのではなく正攻法で出て行く、その手段を七日のうちに探ろう。

そして〝Biotope〟へ戻り、必ず職場復帰してみせる。

「ウサさん。大丈夫？」

山狗に追いつけなかった兎は廊下の真ん中で、長い耳をぺしょ…と倒していた。

財布をジャージのポケットに入れ、兎に近づいてしゃがみ、もこもこの被毛を優しく撫でながら訊ねる。

「教えてほしいんだけど、僕も……獣身化っていうの、できるの？　ウサさんと一体化して、壁を通り抜け、たり……」

喋っているうちに、絶対できないと思い至った。

案の定、兎はウウンと顔を振る。

「そりゃそうだよね、できる気がまったくしないもんな。――よし、食堂へ行こう。あ、食器を返さなきゃ。ウサさんもごはんもらおうね。兎ってなに食べるんだろ、レタスとかリンゴ？」

リンゴと聞いて元気になった兎を肩に乗せ、白い部屋へ戻る。昨夜のトレーと食器を持ってエレベーターで三十二階へ向かった。

「はぁ……」

朝からの出来事にどっと疲れて、大きな溜め息が出る。

先ほどからつづいている胸の高鳴りは、そろそろ落ち着いてくれてもいいのではないだろうか。兎が「ほっぺた、あちち」と言いたげに、楽しそうに頬をぽふぽふ押してくる。

「いや、だって、夜ひとりでトイレに行けなかった、佗ちゃんがだよ？　すっごい無口で、僕の背中に隠れてばっかりだったのに、それが」

――急に、あんな、頼れる男になっちゃって……。

加えて、筋骨隆々の長身と、あの整った顔立ちである。昔と変わらず物静かだが、受け答えはしっかりできるし、タワーの内外でかなりモテているのでは――疲れた頭で余計なことをぼんやり考えていると、三十二階に到着してドアが開いた。

エレベーターをおりた真幌は、足を止めてぽかんとした。

「ここ、……食堂？」

長いカウンターにずらりと並べられた、煌びやかな料理の数々が目に飛び込んできた。

カウンターの向こうでは、コック帽を被った調理師たちが肉を切ったりフライパンを振ったりしている。まるでホテルのビュッフェ会場のようだった。

天井が高く開放感のある空間で、制服や作業服を着た多くの人が食事をとっている。犬や猫やフェレットが走り、カナリアや梟《ふくろう》が飛ぶ。兎のおかげで伴獣の存在には慣れてきた。

「わ、かわいい。あの仔も誰かの伴獣かぁ」

離れたところに白いアルパカが佇んでいるのが見えて、思わずほっこりした。

食器の返却口はすぐ見つけられた。アルバイトだろうか、高校生と思しき若い男性がトレーを受け取ってくれる。

「おはようございます。すみません、僕、今日が初めてで。お金はどこで払いますか？」

「おはようございまーっす。オール無料っすよ～。どれも最高にうまいんで、ガッツリいっちゃってくださいね～」

満面の笑みで答えてくれた男性へ、真幌も笑顔でぺこりと会釈をした。

これがすべて無料だなんて贅沢だと思いながら、焼きたてのパンやふわふわのオムレツ、グリーンサラダを取り、兎のためにカットフルーツをトレーに載せる。どこに座ろうか迷っていると、うしろから元気いっぱいの声が聞こえた。

「真幌くーんっ、おはよー！　一緒にごはん食べよ！」

「あっ……、ラッシュ……さん」

振り向くと、ラッシュがワードローブ室の仲間とともにテーブルを囲んでいた。両手で大きく手招きをしてくれる彼女のところへ歩いていき、皆に挨拶して勧められた椅子に座る。

「昨日はごめんね、変な心配かけてしまって。このTシャツとジャージありがとう。すごく助かった」

「元気になってほんとよかったよー！　足りないものあったら言ってね。それと、朝ごはんのあとで採寸のつづきさせてほしいっ。靴も選ぼう！」

「うんっ、ほんとにありがとうね」

六人で賑やかに朝食をとる。ラッシュたちふたりがガイドで、三人がセンチネルと教わったが、やはりまだ区別がつけられない。リスや文鳥やトカゲを連れていて、六匹の伴獣の中では真幌の兎が最も大きかった。

食事を終えて一旦ラッシュたちと別れた真幌は、昨日ケアをしてくれたふたりの医療スタッフを探した。

食後の紅茶を飲んでいるふたりを見つけ、近づいて「おはようございます」と挨拶し、頭を下げる。

「昨日は失礼な態度を取ってしまって本当にすみませんでした。もう体調も戻りました。ありがとうございます」

「いえいえ、小泉さんは落ち着いているほうでしたよ。中には大泣きしてしまったり、もっと混乱してしまう人もいて……」

「そうですよね……、急にＰＣＢに連れてこられたら誰でも混乱しますよね……」

「はい。でも研修を受けるうちに異能者の自覚があらわれて、同時に混乱も消えますから、心配しなくていいですよ」

「能力が不安定なうちは、急に頭痛がしたり、ちょっとしたことで身体がつらくなったりするかもしれません。そのときはすぐ連絡してくださいね。メディカル室に来てもらっても大丈夫です」

「はいっ、ありがとうございます。お世話になります」

昨日は気づけなかったが、ふたりの後頭部に、それぞれアゲハチョウとクロアゲハが止まっている。髪飾りのように美しい昆虫が、彼女たちの伴獣だと感じ取ることができた。

真幌はワードローブ室へ急ぐ。

ラッシュとお喋りしながら昨日のつづきの採寸をしてもらっていると、作業服にネクタイ姿の会社員ふうの男性が近づいてきた。

「いたいた。小泉さーん」

「あっ、笹山《ささやま》さんだ！　こんにちは！　ワードローブ室に来てくれるの久しぶり！」

男性は、ぴょんぴょん跳ねるラッシュに「ふふ、元気、元気。こんにちはー」と笑顔を向け、真幌にタブレットと充電器を手渡してくる。

「お疲れさまです、総務室の笹山です。間もなく研修が始まりますので、こちらのタブレットを持って十時までに三十階へ行ってください。【３０３】のプレートが付いた部屋で待っててくださいね。小泉さん専用のタブレットですから、返却は不要です」

「はい。わかりました」

「欲しいものができたら総務室に言ってくださいね。局内の規定に引っかからないものであれば、なんでも手配できますよ。最新映画のパンフレットやアイドルグループのポスター、シリアルナンバー入りのスニーカー、入手困難な限定もののフィギュアなどなど」

目尻を下げてにこにこ微笑む笹山の、作業服の胸ポケットからハムスターがぴょこっと顔を出した。

ラッシュたち、医療スタッフ、食堂の返却口で働く高校生、総務室の笹山——優しい人ばかりで和気藹々としていて、局長室の殺伐とした空気とはまるで違う。安心した真幌はうっかり涙ぐんでしまった。

「無理せず頑張ってくださいね」

「真幌くん、がんばって！　応援してるー！」

「うんっ……ありがとうございます！」

そうして七日間にわたるＰＣＢ東京の研修が始まった。

「心して聞け。美馬局長が覚醒した異能者に求めるのは即戦力のみだ」

「研修修了後、速やかに実践へ移ります」

長机と椅子がずらりと並ぶ講義室のような広い部屋に、真幌だけがぽつんと座る。

教育係の氏家《うじいえ》は男性のセンチネルで伴獣はドーベルマン、女性のガイドは佗助が言った通り橘という名で、優美な牝鹿を連れていた。

真幌は「……はい」と低い声で返事をする。

氏家の頭ごなしの言いかたが嫌だった。柴田も氏家も、なぜこんなに高圧的なのか。今のところセンチネルに良い印象はない。

「では始める。──まずセンチネルについてだが、超発達した五感と身体能力を持つことは、美馬局長から聞いたな？　五感すべてが発達している者、聴覚だけが誰よりも超発達している者など、それぞれの特性は異なる。また、伴獣と一体化が可能で、これを〝獣身化〟と呼ぶ。

異能の力は自己で制御することができず、ガイドの存在なくして五感の暴走は免れない。つまり、センチネルが長生きできるかはガイド次第というわけだ。能力の強さにより9Aから1Bの十七階級に分けられる」

「ガイドは、相手の感情や感覚を正確にとらえる〝共感力〟と、思考を読み取る〝読心力〟を持っています。ただし、このふたつの能力はセンチネルにのみ有効で、常人とは影響し合いません。〝ケア〟および〝ガイディング〟をおこない、センチネルの強大な能力をコントロールします。身体能力は常人と同等で、獣身化できないのが一般的です——ごく稀に例外がありますが。階級は7Aから1Bまでの十一に分かれています」

最初から、くじけそうになった。

スタンドカラーの制服をかっちり着込んだふたりの教育係は、態度も言葉も硬く、厳格な訓練のような雰囲気が漂い始める。

「そして、PCB東京は警察庁の外郭組織だ。6C以上の異能者が執行班と情報処理班に分かれて活動している」

教育係というよりスパルタ教官みたいな氏家が後ろ手を組んで言ったそれに、真幌は驚愕した。

「5B以下の異能者はサポートスタッフおよびタワー内の各企業の社員となる。9Aセンチネルは斑目佗助と白慈の二名。7Aガイドは現在、PCB東京には在籍していない。俺は8B、橘は7C。最終判定は研修後だが、小泉は那雲主幹より『6A見込み』と通知があった」

「異能者の数は大変少なく、日本にはセンチネルが約三百人、ガイドは二百人ほどしかいません。6C以上の高位のセンチネルとガイドはさらに希少となります。彼らは危険にさらされながら、類稀《たぐいまれ》な能力を駆使して国を守り、PCBが彼らを支えます。そして全国から集まった異能者たちがPCB東京のために働いています。——ここまでで不明事項や質問はありますか?」

階級やら執行班やら情報処理班やら、まるでフィクションの世界でついていけない。

しかも警察庁の外郭組織などと、話がいきなり国家レベルに飛躍したことに真幌は引いてしまった。

早々に頭がぐるぐるし始める。まぶたを半開きにして「質問は特にありません……」とつぶやくと、間髪を容れず氏家が口を開いた。

「執行班の活動は、現行犯の確保と警察への引き渡しを中心に、事故や火災現場からの人命救助、潜入捜査、薬物摘発、要人警護など多岐にわたる。それぞれが機密案件である。異能者は互いの仕事に干渉しない。例外も多いが、基本はセンチネルとガイドがバディを組んで活動する」

講義は容赦なく進む。真幌は挙手した。

「僕も執行班の活動というのをするのですか？　僕、ごく普通の一般人です。恐喝も強盗も、ひったくりだって、ものすごく怖いです。現行犯を捕まえるなんて絶対できません」

「捕まえろとは言ってない。それはセンチネルの仕事だ。センチネルはガイドを守りながら案件を処理する。ガイドはセンチネルの能力が暴走しないよう、そばでケアし、コントロールする。そのためのバディだ」

「ガイド向けの特別カリキュラムがありますので、仕事を始めてからも不安要素が消えない場合はぜひ受けてみてください」

「……」

真幌が唯一できた抗議を、あっという間に捻じ伏せて氏家は話を進める。

「情報処理班の主たる活動は、一般社会に漏洩したＰＣＢに関する情報を徹底的に削除することだ」

「どうしてＰＣＢの存在を世間に公表しないんですか？　危険を冒して人や国を守ってるなら、もっと堂々としてもいいと思うのですが……」

「当組織がＰＣＢと呼ばれるようになる遥か以前より、センチネルとガイドの稀有な能力は悪用されてきた。存在の徹底した秘匿は、その苦々しい歴史を繰り返さないための手立てだ。それに、現代社会に異能者がいるなどと公にすれば、パニックになることは容易に想像がつくだろう？」

　こうしてＰＣＢの基礎知識の講義は昼休みを挟んで十五時三十分までつづいた。十六時からメディカル室で身体検査と体力測定をおこない、研修初日は終了した。

　頭も身体もふらふらの状態で軽い夕食をとった真幌は、コンシェルジュのような格好をした男性に案内されて居住フロアへ移動する。

　疲れきっているが、なにより最初にすべきことがある。侘助と決めた通り、財布を引き出しの奥へ仕舞った。そのあとは個室の豪華さを気にする余裕もなく、シャワーで濡れた髪を乾かすこともできず、気を失うようにぐっすり眠った。

　二日目の研修は【３０４】の部屋で始まった。昨日の【３０３】の部屋と違い、一組の机と椅子だけがある。

「着席し、タブレットを用意」

氏家に指示された真幌は、タブレットに表示されるみっつの数字をひたすら足したり、青一色のモデルキットを組み立ててまた分解したり、なんの意味があるのかわからないテストをさせられた。腕を組む氏家に横に立たれ、ドーベルマンにまわりをぐるぐる歩かれて、集中することも手を抜くこともできなかった。

午後からは橘の案内でタワーの施設を巡る。

最初に向かったのは、佗助も通っていたという私学だった。

「異能者の約半数が十代なかばで覚醒するため、教育機関や私塾が設けられています。本人が希望すれば、５Ｂ以下の異能者は大学進学も可能です」

「５Ｂ以下と決まってるんですね。佗助くんが、自分は受験可能者の条件に該当してないと言ってました」

「執行班の人員確保が最優先ですから」

授業の邪魔にならないよう離れた場所から見ていたが、勉強しているひとりの少女が気づいた。表情を変えず会釈してくる。彼女はセンチネルなのだろうか。真幌もぺこりと挨拶を返した。

私学をあとにしてエレベーターに乗り込む。

「タワー内には〝イリミネイト〟と呼ばれるフロアがあります。かなり特殊な空間で、私たちが使うこの通常エレベーターは止まりません」

「イリミネイト？　どういう意味ですか？」

「完全に取り除く、二度と戻らないように消し去る……といった意味があります。〝イリミネイト〟フロアでは、触覚が特化して超発達したセンチネルたちが交代で、インターネットやSNSに掲載されたPCBの画像と動画を削除しています。スマートフォンやタブレット内の画像も削除対象のため、その数は膨大です。能力と精神を激しく消耗する、センチネルにとって最も危険な仕事と言われています。ひとりのガイドでは間に合わず、ふたりまたは三人でケアをおこないます」

「橘さんはイリミネイトフロアで仕事をしたことがあるんですか？」

「はい。本当に、特殊な、としか言いようのない空間で……。小泉さんもいつかイリミネイトで仕事をするかもしれませんので、憶えていてもらえたらと」

「………」

『それらしく見えるよう加工したフェイク画像は放置し、本物の画像だけを的確かつ徹底的に削除するPCBは、超常的な力を持っているとされる』――世間に流れる噂は、意外にも的を射ていた。しかしこの先もずっと、画像が消える原因は〝不明〟のままなのだろう。

　エレベーターのドアが開く。

兎は牝鹿と打ち解けて、彼女の背に乗っていた。焦って「失礼だろ、おりてよ」とたしなめても、ウウンと頭を振る。

次に案内された十六階には大型のコンビニエンスストアがあった。その隣に設置されたガラス張りの小部屋を見て、真幌は興奮ぎみに駆け寄った。

「あーっ！　美容室だ！　あっ、内装ちょっとレトロでかわいい！　でも閉まってますね」

「小泉さんは美容師と聞いたので紹介しておこうと思いまして。清川《きよかわ》という、美容専門学校に通っていた異能者がここでセンチネルの髪をカットします。しかし清川もガイドの仕事が優先なので、閉まっている日が多いです」

「もしっ、もし僕が５Ｂ以下のガイドなら」

「この美容室を任されると思います。ただ、階級については、那雲主幹の見込みから上がることはあっても、下がることはほぼありません……小泉さんは６Ａ以上が確定しています」

「そんなぁー」

情けない声を漏らすと、橘は「期待させてしまってごめんなさい」と苦笑した。

「美馬局長に相談してみてはどうでしょう。前向きに検討してくださると思います。もちろん、ガイドの仕事を完璧にこなせるようになってからですが。小泉さんひとりで相談しにくいなら、私、同行しますよ」

「橘さんっ……！」

嬉しくなり、きらきらした瞳で見つめる。すると硬い印象だった橘が「ふふ……」と小さな声を立てて笑ってくれた。ふと、真幌はここで働きたいわけではなく〝Biotope〟へ戻りたいのだということに思い至ったが、橘と少し打ち解けられた気がして心が軽くなる。

「ウサさんが乗りっぱなしでごめんね。嫌になったら振り落としてね」

【304】の部屋へ戻るエレベーターの中で、真幌は牝鹿に話しかけ、優しく撫でた。

そして、頭の片隅にある心配事を橘に相談した。

「あの、橘さん。質問してもいいですか？」

「はい、どうぞ」

「……僕、柴田さんに言われたんです。PCBの保全下から抜けたガイドは無事ではいられない、って……。『飢えたセンチネルの襲撃を受けて、他者が巻き込まれて死んだとしたら』みたいなことを。言われたときは無視したんですけど、どういう意味なんだろうって、今はすごく気になっていて……」

真幌が話すうちに、橘の形の美しい眉が曇る。溜め息をついた彼女は「結論からお伝えすれば、忘れていい話です」と言った。

「なぜ忘れていい話なのかを説明する前に、ひとつ。――センチネルは縄張り意識が非常に強く、互いに親しくなることはありません。名前で呼び合うのも嫌なようで、伴獣で呼びます」

「あっ……、それで『山狗』とか『オロチ』とか『土佐犬』とか……。なに言ってるんだろうと思ってたんですが、やっとわかりました」

「はい。そしてセンチネルたちは、ガイドのケアやガイディングを求め、常に飢餓状態にあります」

「飢餓状態……」

耳慣れない、深刻な響きの言葉を繰り返す。橘は「ケアとガイディングについては、明日から本格的に教えますね」と言い添えてくれた。

「ＰＣＢが設立されるよりずっと以前の、中世や近世は、縄張り意識の強いセンチネルたちがガイドを奪い合って争うことは茶飯事でした。無理やりケアをさせてガイドを壊し、捨てるセンチネルもいたようです」

「ひどい……。大昔とはいえ、ひどすぎます」

「しかし今は違います。特に現在のＰＣＢ東京は美馬局長の絶対的秩序に守られています。仮に小泉さんがＰＣＢを抜けても、美馬局長はセンチネルの好きにさせたりしません。氏家さんと私を説得に向かわせるでしょう。それに『センチネルの襲撃を受けて、他者が巻き込まれて死んだとしたら』って……犯罪ですよね」

「本当ですね……しかも凶悪犯罪」

「異能者が一般人を傷つけるなんてあり得ません。それこそ激怒した美馬局長に抹殺されると思います。柴田さんの話は、ひどい嫌がらせです。忘れて大丈夫ですよ」

「はいっ。橘さん、ありがとうございます」


二日目の研修を終えた、二十二時——。

個室で食事と風呂を済ませた真幌は、ソファに足を伸ばして座り、タブレットを操作していた。兎は広い室内を探検したりカーペットを掘ったりしている。

夕食前に法務室へ来るよう告げられ、そこで弁護士から報告を受けた。

〝Biotope〟のオーナーは一昨日ニュースで事件を知り、真幌が出勤しないことからマンションへ確認に向かい、被害に遭ったと把握した。それ以上の確かな情報が得られず困り果てていたが、昨日の朝、美容室を訪ねてきた弁護士から説明を聞き、診断書を受け取って、ひとまずは安堵できたという。

『怪我がなくて本当に安心しました。恐ろしい極限状態の中、小泉君は自分の身を守る判断ができたのだと思います。今は心身を休めることに専念してください。小泉君の回復をスタッフ全員が願っています。いつになっても大丈夫です。連絡を待っています』

オーナーからの伝言に、真幌は人目を憚《はばか》らず泣いた。そして〝Biotope〟へ戻るためにPCBの研修を受けるのだと、あらためて気持ちを強くした。

支給された最新モデルのタブレットは、インターネットはつながるがメールやメッセージ機能はいっさい使えない。文字入力ができるのは検索バーのみで、ＳＮＳも閲覧は可能だが書き込めない。紙とペンの支給もなく、情報漏洩防止が徹底されている。

強盗犯の逮捕はネットニュースで確認できた。犯人たちは真幌の家に侵入する前に、ほかのマンションでも窃盗を犯していたという。白慈が佗助より遅く来たのは、そちらの現場にいたからのようだった。

警察の検証は何日つづくのだろう。段ボール箱だらけの新居が気にかかるが、一週間後には様子を見に行くことができると、今は信じるしかない。

真幌はタブレットのアイコンをタップし、タワーのフロアマップを開いた。

「高さ二百五十四メートル、五十一階建て。高いな、中央区にこんなビルあったっけ……」

主要な階のみ、名称が表示される。真幌が最初に過ごした白い部屋は四十二階、ワードローブ室は三十四階。研修を受けている三十階は多目的な部屋ばかりで【Ｍ・Ｆ】という略称があった。四十四階から四十六階にかけてはメディカル室、五十階と五十一階は空中庭園になっている。

局長室と〝イリミネイト〟の表示はない。

私学と私塾、トレーニングルーム、カフェ、美容室、コンビニエンスストア――階が下がるにつれて一般的になる印象がある。低層階に入居している電力会社や製薬会社、不動産会社やホテル運営会社は、すべてPCB東京のために存在すると聞いた。

「小さな町が、ひとつのビルに入ってるみたいだ……」

そして真幌が閉口してしまうのは、待遇が過度に良いことだった。

箔押しの紙箱に入った歯ブラシセットから始まり、手が込んだ料理の数々、洒落た家具、ファッション性の高い制服まで、あらゆるものに金をかけすぎている。個室として用意されたこの部屋も、ランクの高いデザイナーズホテルのようで落ち着かない。居住フロアにはコンシェルジュまで常駐している。

タワーの高層階を出入りできるのが異能者だけなら、弁護士や調理師たち、総務室の笹山も、先ほど挨拶を交わしたコンシェルジュも、センチネルかガイドということになる。PCBで普通に働いているのが不思議でならなかった。それとも今の真幌のように、皆かつては不信や葛藤を抱いていたのだろうか。

フロアマップの下部に視線を移す。地下二階に【駐車場・搬入口】、地下三階と四階には【機械室】の表示があった。真幌は口角を下げ、まぶたを半開きにする。

「怪しいな。ほんとに機械室？　巨大地下都市とか造ってんじゃないの。美馬局長、やりそうな雰囲気ある……」

公開されている情報を鵜呑みにするのは危険だと思う。難しいけれど、PCBに関する事柄は些細なことも含め、信用できるか否かを見極めていく。そう決めてマップを閉じようとしたとき、四十三階の【Bonding room】という文字が目に留まった。

「見落としてた。なんて読むんだろ……ボンディングルーム？」

今日は案内されなかったが、どこかで聞いたと記憶を辿り、思い出した。

ＰＣＢで目覚めて那雲に注射を打たれ、連れて行かれた局長室。そこで柴田が白慈に言っていた。

『どうせボンディングルームで惰眠を貪っていたんだろうが』

『無駄に吠えんなよ土佐犬のおっさん。ぶっ殺されてえのか？』

あのときは白慈の気性の荒さに驚くばかりで、ほかは気にする余裕がなかった。

白慈はこのボンディングルームという部屋でよく眠るのだろうか。名称が表示されているか

ら、〝イリミネイト〟フロアと違って秘匿性は高くない。後日教わるだろうと思いながらフロ

アマップを閉じた。

つづいて［沿革］のアプリケーションを起動させる。

ＰＣＢの組織変遷については、昨日の研修初日、氏家が相当な熱を入れて長く語ってくれた

が、真幌はほとんど憶えていなかった。氏家は抜き打ちテストのように質問してきそうな気が

するので、復習しておく。

〝Psychics Conservation Bureau Tokyo――異能者保全局・東京局〟は、警察庁の外郭組織だ。

当然、非公式かつ非公開。驚くことに、その歴史は百五十年近く前の明治時代までさかのぼる。

超常的な力を扱う者は、巫女や陰陽師、武士や忍者など、時代により姿を変えて存在してきた。約一年半にわたる戊辰戦争でも多くの異能者が各地で暗躍した。明治七年、警保寮設置の陰で、異能者たちが初めて一堂に会し、前身〝警守幻隊〟が発足する。しかし当時は世界的に大きな後れを取っていた。

戦後間もない昭和二十二年、警察法が制定されると同時に、警守幻隊は国際PCB機構に加入、組織名をPCB東京局と改称した。昭和二十九年、警察庁設立とともにその傘下となった。

「……………」

インターネットに掲載された画像や動画を徹底的に削除し、世間に対して情報を遮断しているPCBだが、新たに覚醒した者には惜しみなく開示する。そして、公開されている情報の何倍もの機密があることは、簡単に想像がついた。

「佗ちゃんは十三歳のときにこれを全部知ったのか……」

クッションにもたれかかり、少し天を仰いだ真幌は、離れていたあいだの佗助に思いを馳せる。

真幌に『必ず迎えにくる』と告げて、タワーに入った夜、きちんと眠れただろうか。研修は物凄く眠くなってつらかったと言っていた。『どこに住んでるか、わからない』と、何歳から思っているのだろう。私学では異能者同士、友人はできただろうか。

考えるほどに、一緒にいられなかったもどかしさが募る。

再会直後は混乱させられ、ひどく恥ずかしい思いをさせられて、苛立ってしまった瞬間が何度かあった。でも、一夜で環境が激変し、受け入れがたい非現実的なことが次々と起こる中で、真幌を導いてくれたのも佗助だった。

もし真幌だけが異能の力に目覚めていたら。

想像して、寒気がするほど怖くなった。

深夜、ふたりの男に侵入され、サバイバルナイフを振りかざされる。それは精神疾患を発症しても決しておかしくない恐慌体験だ。佗助ではなく見知らぬセンチネルにタワーへ連れて行かれ、一般人と関わることを禁止すると言われたら——きっと今もまだ、強盗犯に襲われた恐怖と、佗助との再会や日常生活を奪われた絶望から立ち直れていない。あの白い部屋に閉じ籠もったままだろう。

疑問や葛藤を抱えながらも、ソファでくつろいだりタブレットを操作したり、今こうして穏やかな時間を過ごせているのは、センチネルとなった佗助が真幌を守り助けてくれたからだ。

——佗ちゃん。どこにいるんだろう。昨夜どこで寝たのかな。

七年近くも我慢できたのに。

いつでも顔を見られるようになった途端、一日会わないだけで落ち着かなくなってしまった。

——毎日、会いに行くつもりだった。……って、言ってなかった？

思い耽る真幌の胸に、兎がもふっと乗ってきて、「プッ、プン」と鳴いた。にっこり笑い、優しく撫でる。

「ウサさんも、いてくれてほんとによかった。ずっと助けられてるよ、ありがと」

兎は嬉しそうにモコモコの身体をぺたーんと伸ばし、可愛らしい口を動かした。言葉を操ることはできないけれど、「わびちゃん、あいたいね」と言っているのがわかる。

「いや、ちがっ……うーん、今どこでなにしてるんだろ、って考えてるだけだよ。タワーの中にいそうな気もするけど。探しに行こうかな、でも復習しなきゃ……」

なぜか焦ってしまい、ぶつぶつ言って［沿革］のアプリケーションを閉じた。

ノート機能のアイコンをタップして開き、自身で打ち込んだメモを小声で読む。氏家と橘から教わったセンチネルについて――佗助について、気がかりなことがあった。

「異能の力が強いほど精神的に脆《もろ》く、五感が暴走しやすく、ゾーン落ちしやすいという厄介な性質を持っている。〝ゾーン落ち〟とは、センチネルが克服し得ない唯一最大の弱点。能力の酷使によって五感が暴走し、痙攣《けいれん》や錯乱、野生化、昏睡状態に陥る。ガイドの適切な処置がなければ、……精神崩壊し、絶命、する」

説明を聞いたまま打ち込んだその内容は、非常に深刻で難しい。

超発達した五感と類稀な身体能力を持ちながらも、精神的な脆さから逃《のが》れられないセンチネルたち。最高位の９Ａである佗助は、常に大きな危険にさらされている。

「佗ちゃん……、大丈夫なの……」

ふいに山狗の気配を感じ、真幌はソファから足をおろして座り直した。そのあとすぐに、閉まっているドアを通り抜けて山狗が部屋に入ってきても、もう驚かなかった。

「侘ちゃん？　じゃない、狗さんだ」

ソファから離れたところで立ち止まった山狗に「おいでよ」と笑顔で話しかける。

「ごめんね。僕、混乱してて、狗さんにも嫌な態度を取ってしまった。思い出したんだ、あの夜、白慈くんがドアを蹴破って家に入ってきたときも、次の日の昼も、狗さんはぴったりくっついて僕を守ってくれたよね。ありがとう」

綺麗な銀の獣毛を撫でながら伝えると、山狗は目を糸みたいに細くして、長い尾をふぁさふぁさと振る。

「はは、物静かなとこもだけど、動きも侘ちゃんに似てるんだよなぁ。まぶたをゆっくり閉じるところとか。――あれ、どうしたの……侘ちゃんが外にいる？」

急にまぶたをパチッと開けた山狗が金色の瞳で「来て」と伝えてくる。兎を頭に乗せ、入ってきたときと同じように出て行った。できないはずの兎まで通り抜けたことに驚きながら、真幌はドアを開けた。

居住フロアの廊下の照明は、時刻に合わせて色や明るさが変わる。食堂へ向かう朝は眩しい白色で、夕食をトレーに載せて個室へ戻ったときは淡いオレンジ色だった。

今は等間隔に並んだブラケットライトが小さく光るだけで、薄闇が漂う。

佗助が、廊下の角に立っていた。山狗は隣に座り、大きな手に撫でられた兎の被毛がぽわっと膨らむ。

胸が高鳴ったのは恐怖からではなかった。

黒いマウンテンパーカーと同色のカーゴパンツ。初めて見る色の制服に、青みを帯びた銀髪が映える。インナーのTシャツと、ブーツまで黒い。表情を崩さない端整な顔に眼鏡がよく似合っていた。

会えた喜びと、安心と、言葉にあらわせない不思議な気持ちが混ざって、どきどきと胸が鳴る。怖いと思ったり怒ったりしているほうが簡単だった。そう考えながら近づいた真幌は、佗助の足許のリュックを見て言った。

「帰ってきたばっかり？」

「いや。仕事へ行く」

「こんな遅い時間から？」

「時間は関係なくて、真夜中にも急に仕事が入るし、夜明けから始まることもある。今度の仕事は東京を離れる。二日ぐらいかかると思う」

「そうだった。一昨日、急に仕事が入るって教えてくれたね。ホテルに泊まるの？」

「ＰＣＢが経営してるホテルに、センチネル専用の部屋がある」

「すごいな、ほんとになんでもあるね……でもよかった、ちゃんと部屋で寝てよ、ビルの天辺とかで過ごしたりしないでさ。夜はまだ少し冷えるし」

「ん」

いつもの短い返事をした佗助が長躯を屈め、顔を近づけてくる。ほんのわずか上目遣いのようになる。

「かなり離れた場所へ行くから真幌が視えない、声も聴き取れない。それがいやだ。心配だ」

「ありがとう。でも大丈夫。佗ちゃんが言ってくれた通りみんな優しいし、困るようなことはもう起こらないと思うよ」

「二日も会えないから、ぎゅってしていい？」

「そ……っ、その」

その言いかたは、狡くないだろうか。物心がついたころから始まった佗助の『ぎゅってしていい？』を拒んだことは一度もなく、真幌のほうから抱きついたことも数えきれないほどある。それをわかっていて言うのは狡い。

金色の瞳から逃れたくて視線を逸らす。その先で、すでに山狗と兎は抱き合っていた。

「あっ……」

返事をするよりも先に佗助の両手が背にまわってきて、強く引き寄せられた。頬が制服に当たり、視界が黒一色になる。洗ったばかりのオリーブアッシュの髪に、佗助の唇が触れる。

「真幌」

痛いほど力が込められて、厚い胸板や腕の隆起を感じた。突き飛ばせばいいのに、恐怖も嫌悪もないから難しい。なにか話さなければ、早鐘のような心臓の音をまた聞かれてしまう。

「バディ……を、組む、ガイドは……？」

「ガイドはいない。ひとりで仕事へ行く」

「えっ、なんで？」

思いがけない返事に、とっさにマウンテンパーカーをぎゅっと握った。

発達しすぎた五感の暴走、昏睡状態、精神崩壊、絶命——頭の中が、侘助を脅《おびや》かす危険でいっぱいになる。制服から頬を離し、金色の瞳を見上げた。

「なんでひとりなの？　危ないんじゃないの？　ゾーン落ちっていうのになってしまったらどうするんだよ。今からでもガイドの人に頼めない？」

「ガイドはいらない。絶対いやだ。……おれはっ、真幌だけ」

「え？　侘——」

ふたりの言葉が、同時に途切れる。長躯が前のめりに覆い被さり、薄い唇が迫って、噛みつくように口づけられた。

「んっ、ぅ……！」

大きく背が反って仰向いた真幌の唇を、侘助が唇で押し潰す。抵抗する隙もなく、奥まで入ってきた肉厚の舌で口内をくちゅくちゅと掻きまわされた。

「あ……、んん、っ」

佗助は体勢を変え、顔の角度を変える。大きな手で真幌の後頭部を包むと、今度は下から押し上げるようなキスをした。濡れた唇を食み、舌先でなぞる。口の中へゆっくり差し込まれた舌の熱さと生々しさに、ぞくぞくと肌が震えた。

「まほろ……」

縋るような、ねだるような声で呼ばれ、感じたことのない甘い痺れが身体を駆け抜ける。何度も唇を吸われ、舌で優しくあやされつづけて、立っていられなくなった。真幌は佗助の手に支えられながらずるずると座り込んだ。

「……は、……っ」

「おれはゾーン落ちしない。仕事を終わらせて真幌のところにまっすぐ帰ってくる。部屋に連れて行けなくて、ごめん。ベッドまで運びたいけど、また真幌が怖がることとしてしまうから」

凄まじい衝動を懸命に抑えているのが、触れ合う指から伝わってくる。

真幌はひどく困惑した。なぜ、抱きしめられるのも強引なキスも嫌と感じないのだろう。大きな手が離れていく。リュックをつかんで駆けだす佗助を、山狗が追う。寂しい兎は真幌にくっついてくる。言葉をかけたいのに、ままならない。真幌がガイドの能力を自在に操れたなら、佗助の仕事に同行できたのだろうか。

どうすればガイドの力が使えるようになるのだろう――初めて思い浮かんだ自身の考えに戸

惑いを覚えながら、獣身化した佗助が姿を消すまで見送った。

4

三日目から研修内容が大きく変わった。そして真幌は、昨夜の佗助の甘い感触から逃げるため研修に集中せざるを得なかった。

「高位のセンチネルにとって、超発達した五感は諸刃の剣だ」

眼鏡、ピアス、小型の吸収缶が埋め込まれたマスク、ヘッドホン、手袋、煙草、プラスチックケースに入った食品――説明を始めた氏家と、橘と真幌が囲む机には、さまざまな製品が並べられている。

「タワーを始め、ＰＣＢ東京が保有するホテルやマンションには、音や匂いや振動を遮断する特殊な建材が使用されている。しかし外に出れば、視界は激しくゆがみ、小雨や微風すら肌を刺す針のように感じ、超音波や轟音、吐き気を催《もよお》す異臭などに襲われ、まともに立っていられない。そのため、センチネルは感覚を抑える〝制御アクセサリ〟を装着する」

「これらは研修用のレプリカです。現物には極めて希少で高価な金属が使われているので、私たちガイドが触れる機会はほとんどありません」

本人が言っていた通り、眼鏡とリングピアスが佗助の制御アクセサリなのだろう。

「これもですか？　白慈くんが食べているのを見たことがあります」

コイン大の薄い錠剤、丸いロリポップキャンディなどが並ぶ中から、真幌は渦巻き状のキャンディを手に取った。

『山狗のやろう、ちんこも精液もバケモン並みじゃねえか』――あの日の、白慈とのやりとりを思い出し、いたたまれない気持ちになりながら訊ねる。

「白慈くん……、嫌な臭いがすると言って、食べてました……」

「食品も制御アクセサリの一種で、味覚を制御します。白慈さんは少し特殊です。蛇の嗅覚器官は口内にありますから、蛇を伴獣とするセンチネルたちは、嗅覚の働きを抑えるために食品や煙草を口にします」

「口の中に嗅覚⁉　本当ですか？」

「はい。インターネットで検索しても出てきますよ。〝ヤコブソン器官〟と言うそうです」

真幌は驚きの吐息をつく。白慈が『狗臭え……』とつぶやきながらロリポップキャンディを食べていた理由がやっとわかった。

佗助はリングピアスをしているが、氏家は目立たない透明の小さなピアスをつけている。机から一歩離れて言った。

「制御アクセサリより遥かに重要なのがケアとガイディングだ。ガイディングは研修最終日に説明がある。今からケアの実習に入る。〝ケア〟とは、センチネルの心身に溜まった〝ノイズ〟を、ガイドの能力で除去することを指す。実行頻度の高い、日常的な行為だ。――橘、詳細の説明を」

「はいっ。ケアの方法は、センチネルの目や耳、鼻口を手で覆う、肌を摩《さす》る、少々手荒いですが口内に指を入れる、などです。適合率の高いセンチネルとガイドであれば、手をつないだり覆い被さったりすることでも充分な効果が得られます」

「それだけですか？」

「そうだ。ガイドが〝それだけ〟をすれば、センチネルの精神・肉体・五感が安定する。PCBが莫大《ばくだい》な資金と労力を投じて開発製造した制御アクセサリでさえ、高位のセンチネルにとっては一時凌《しの》ぎの道具でしかなく、ガイドの能力に遠く及ばない。小泉、俺の腕をつかめ」

氏家は話しながら制服の袖を捲る。彼の腕をつかんだ真幌は、目を瞠って驚いた。

「あっ、これ……！」

佗助に触れて感じた、痛みを伴うほどの激しい痺れ。それと同じものが氏家の腕にある。

「ノイズがわかりますか？　センチネルが異能の力を使うたび、ノイズが蓄積されて心身を脅かし、それがゾーン落ちにつながるのです。小泉さんのガイドの力でノイズを消しましょう。氏家さんの腕を強く摩ってください」

佗助を苛むあの痺れを消せるなら、方法を覚えたい。

だが言われた通りにしても氏家のノイズは消えなかった。真幌は焦って何度も腕を摩る。

「で、できません。無理です」

「できる。できかけているのにおまえは諦めるのが早い。すぐ諦めるガイドに命は預けられん、もう一度やってみろ」

「でも、氏家さんの腕、僕が摩りすぎたせいで真っ赤に……」

「そんなくだらんことで躊躇してどうするっ、いいから早くやれ！」

「粘性の高い泥やペンキなどを拭い取るところをイメージしてみてください」

できない自分に腹が立ち、なかば自棄《やけ》になって氏家の腕を力いっぱい拭う。すると、不快なノイズが薄くなった。

「消えたっ……！　少しですけど」

「よし、充分だ、よくやった」

「この嫌な痺れ、佗助くんの身体にもありました。たぶん、ノイズですよね」

「なに？　小泉が山狗のノイズを感知したのはいつだ？」

「えっと……。タワーで目が覚めた日の夜と、翌日の二回です」

氏家と橘は目を見合わせ、意味深げにうなずき合う。

「山狗は、小泉の覚醒を予言したんだったな」

「覚醒したばかりでノイズを感知できるガイドはほとんどいません。ふたりは適合率が高いのだと思います。適合率の高さは、絆の強さ。斑目さんをしっかりケアしてあげてくださいね」

絆の強さという言葉に、自然と口許がほころんだ。

佗助が『ありがと』と言ってきたあのとき、知らず知らずのうちにノイズを消していたのかもしれない。そうだったら嬉しい。

しかし、教育係たちから伝えられた厳しい現実に、真幌の気持ちは揺れ動く。

「高位のセンチネルほどノイズも激しくなり、それを消すガイドには強い精神力が要求される。五感が暴走したセンチネルから精神的インパクトを受ければ、最悪の場合ガイドまで精神崩壊をきたす。実際、過去に比べて減少はしたが、無念ながら、ふたりの異能者を同時に失う事故はゼロにできていない」

「ケアは混乱した現場でおこなうことが多いです。ガイドは、危険な仕事を処理するセンチネルの命綱。共倒れは回避しなくてはなりません」

「やっぱり……、怖いです。混乱した現場でケアなんて、できません。こんなに時間をかけても少ししか消せないのに、命綱とか……怖い」

「俺も橘も、誰しもが、最初は思うようにできず恐怖した。だから絶えず訓練をつづける」

「センチネルの強大な能力をコントロールし、彼らに安定を齎すことができるのは、私たちガイドだけです」

「………」

氏家と橘の実直さや使命感の強さを、真幌は嫌いになれなかった。

恐怖の克服は、ひどく難しい。なぜセンチネルの身にノイズが発生するのか、なぜ自分が除去できるのか、得体の知れない気味悪さもある。でも、佑助のためにガイドの力を使えるようになりたいという願望が確かにあった。せめぎ合う思いを抱いて、真幌は「練習、します」と小さくつぶやいた。

研修三日目から六日目にかけて十一人のセンチネルに協力を仰ぎ、ケアの訓練を重ねていく。蛇喰鷲《へびくいわし》が伴獣の、髪と瞳が真紅の女性も、純白の馬を連れた碧緑《へきりょく》の瞳の少年も、皆それぞれ印象的だった。そして全員がノイズを心身に内包していた。

中でも印象深かったのは、一色《いっしき》と天原《あまはら》だ。

茶髪に派手なメッシュを入れた男性が、リカオンを連れて部屋へやってくる。パーカーの上に、【PCB】のロゴが入ったスタジアムジャンパーを重ね、左の手の甲にはタトゥーがびっしり施されていた。両耳につけた五個のピアスは、制御アクセサリではなさそうだった。

「新人ガイドちゃんや！　なんてお名前？　俺は天原蓮司《れんじ》、二十二歳。レンくんて呼んでね」

「こ、小泉真幌です……」

「かわいーっ。ノイズ溜まっててんねん、キスでケアして〜」

「余計なことを言うな、するな。それがおまえのためだ、リカオン」

「彼を連れてきたのは斑目さんです」

「げえっ！　山狗が？　一気に萎えたわ。俺あいつ嫌い、陰気すぎる」

佗助の悪口をさらっと言った天原は椅子に座り、脚のあいだに入ってきたリカオンをよしよしと撫で、「仕事で透視しまくって目が痛いねん」と唇を尖らせた。

「今回は手のひらにノイズを吸い取るイメージでケアしてみましょう」

橘のアドバイスに「はいっ」と返事をして、うしろから天原の両目を手で覆う。うまくできなくても諦めずに、目に溜まった痺れをじりじりと消していった。

退屈になったリカオンが牝鹿と兎の尻を追い、ドーベルマンがやめさせようとリカオンを追いかけだす。

「あぁーん、真幌くんのケア、気持ちええ、もっと、もっとしてぇ」

「あの、すみません。静かにしてください。集中したい」

少し強く言っても許してくれそうな雰囲気が天原にはある。思った通り、彼はからからと笑って「へーい」と返事をしたあと、黙ってくれた。

コツをつかめたのか、時間はかかったがノイズを除去しきれた手応えがあった。橘と氏家もうなずく。天原は椅子から立ち上がり、ウーンと伸びをした。

「いやほんまラクなったわ、ケア上手やん、ありがとう。――橘ちゃん、俺からは真幌くんに一回も触ってへんからな、そこんとこ山狗によう言うといてや」

「はいはい、わかりました。お疲れさまです」

「なぁ真幌くん、明日の夜、ひま？　お茶せえへん？」

唐突な誘いに真幌はびっくりしてしまい、氏家が父親のように立ちはだかる。

「やめろリカオンっ、おまえはまたチャラチャラとっ」

「えーやん、お茶に誘うくらい。エッチなことするわけやなし。酒もいっさい飲まへんよ、至って健全な真夜中のお茶会や。ワードローブ室と総務室の子らも来るで。真幌くんは、フジくんとかラッシュちゃんたちに会うたことあるやろ？」

「えっ……。はい、あります……」

「研修ばっかり、しんどなるよ。息抜きも必要やで！　場所は十七階のカフェね、だいたい夜の十二時過ぎからみんなテキトーに集まり始めるよ。待ってるで、来てな～」

にかっと笑った天原は、リカオンと楽しそうにじゃれ合いながら去っていった。

「め、めちゃくちゃ賑やかで軽い人だ」

「天原さんはナイトクラブのようなアンダーグラウンドな場所が得意です。あの明るさと軽さで他者の懐に難なく入り込み、必要な情報を抜き取って、涼しい顔で戻ってくるんですよ。それは誰もができることではありません。異能の力ではなく彼自身が持つ才能だと、美馬局長も評価しています」

「すごい……本当に才能ですね」

翌日の研修四日目は、氏家が仕事で不在だった。

黒豹を伴って部屋に入ってきたセンチネルへ、橘が慌てて辞儀をする。

「一色さん！　ケアもまだなのに、わざわざすみませんっ」

「かまわないよ。ボンディングルームへ入る前に、山狗が連れてきたガイドの能力を確認しておくようにと、局長から言われてね」

黒いロングコートを着たセンチネルが真幌の前に立つ。ヒールの高いブーツと、センターで分けられた腰まで届く長い黒髪。すらりとした長躯は百八十センチ後半に達している。声も話しかたも落ち着いていて、黒革の手袋を外す所作が美しい。しかし真幌が彼から感じ取ったのは、黒豹の激しい獣性だった。

獲物を――犯罪者を逃さない強力な狩猟《しゅりょう》本能と言えばいいだろうか。牙を剥く佗助は山狗そのものだが、この黒ずくめの美麗な彼もまた限りなく黒豹に近いと感じた。

「はじめまして。小泉真幌です」

「一色左近《さこん》だ。確認させてもらうよ」

黒いネイルが施されている手で両手をつかまれた瞬間、ノイズがバチンッと弾けて、真幌は思わず「うわっ」と声をあげてしまった。

「この程度のノイズは、8、9クラスのセンチネルなら皆、常に内包している。ノイズに対して受け身だと恐ろしくなる。自分から捕《と》らえにいくつもりで触れるといい。難しいのであれば無理に除去しなくてかまわない、まずは強力なノイズに慣れることだ」

この強いノイズに佗助も侵されているかと思うと、消したくなった。恐ろしく感じながらも、ノイズをつかむために集中する。力が入りすぎて、一色の両手を握る手に汗が滲んだ。

「悪くない」

しばらくして一色はうなずき、手を離した。

ロングコートのポケットから煙草を取り出して咥え、火をつける。熟れた果実を連想させる甘くて不思議な薫りの煙草は、制御アクセサリのようだった。

「彼はノイズを捕らえるセンスが充分ある。ノイズに対する恐怖心もほどなく克服し、安定したケアとガイディングをおこなえるようになる。訓練を重ねることで山狗の相手も務まるだろう」

「はいっ、ありがとうございます！」

橘が自分のことのように喜んで礼を言ってくれた。部屋を出て行く一色と黒豹へ、ふたり揃ってぺこりと挨拶する。

煙草の甘い残り香が漂う中、ほぅ…と橘が吐息をついた。

「一色さんは9Cセンチネルです。執行班と情報処理班の両方を美馬局長より任されています。今もイリミネイトフロアから直接ここへ来てくださいました」

「大丈夫でしょうか、僕の手まで痺れるくらいのノイズでした。イリミネイトフロアの仕事は、センチネルにとって最も危険でしたよね」

「このあと時間をかけてケアとガイディングを受けるので心配ありませんよ。――現在のPCB東京のトップスリーは斑目さん、白慈さん、次いで一色さんですが、経験値と実績、信望の厚さを見れば、一色さんがトップです。彼に憧れるセンチネルもいるほどです」

「わかります。すごく、すごく格好いいです」

「ご参考までに……。一色さんは二十五歳、です……」

「えー‼　うそだ、四歳しか違わない！」


四日目の研修も、どうにか無事に終了した。

今夜、帰ってくる予定の佗助の気配は、まだ感じられなかった。タブレットは日付が変わったばかりの零時十分を表示している。仕事が長引いているのだろうか。

「――……おーい、佗ちゃん。今どこ？　仕事中かな」

恥ずかしさを覚えながら、勇気を出してつぶやいてみたけれど、当然のように返事はない。期待にそわそわする兎の耳が、ぺしょ…と倒れた。

「聴き取れないくらい離れた場所へ行くって、言ってたもんね」

ソファから立ち上がった真幌は、ベッドに入るか、天原やラッシュたちが集まるカフェへ行くか迷った末、財布を隠している引き出しを開けた。

カフェは、橘に案内されたときに見ただけで利用したことはなかった。佗助に回収してもらった財布を開く。強盗犯たちが抜き取ったのだろう、札は入っていない。

「七百円あったらコーヒー一杯は飲めるよね？」

意味を理解しないまま、兎はウンッとうなずく。真幌はコインケースから取り出した小銭をジャージのポケットに入れ、兎を抱いて部屋を出た。

真夜中のカフェは昼とは表情を変え、トーンの低いオレンジ色の光で満たされている。思っていたよりも人が多く、がやがやとした声が心地いい。食堂と同じで、すべて無料であることに気が引けつつ、ホットのソイラテを注文した。

ラッシュの元気な声が聞こえてくる。

「真幌くーん！　こっちこっち！」

「こんばんは。お邪魔します……」

「来てくれたん！　嬉しいっ、俺とフジくんのあいだ座って！　はい椅子！」

楕円《だえん》のテーブルには天原とラッシュと五人のサポートスタッフが集まっていた。

天原が「フジくん」と呼ぶのは、総務室で働く滝田藤太郎《たきたふじたろう》で、真幌も言葉を交わしたことがある。勧められた椅子に座り、ひそひそ声で藤太郎に訊ねた。

「あの……。センチネル同士は縄張り意識が強くて、仲よくならないって教わりました。皆さん、大丈夫、ですか……？」

伴獣のハツカネズミを頭に乗せた藤太郎は、にこにこ笑って教えてくれた。

「ぼくたち2Bセンチネルですけど、2Bってほとんど常人と変わらないんですよ。視力が少し高いくらいで透視はできない、とか。なので縄張り意識はゼロです。サポートスタッフは、普段は自分たちの階級も、誰がセンチネルで誰がガイドとかも、気にせず働いてますよ」

「そうなんですね、よかった。変なこと訊いてごめんなさい」

「なになに～？　フジくん真幌くん、なんの話してるん？　7クラスのセンチネルが一番かっこよくて仕事できるって話？　ちなみに俺、7Aセンチネルやで」

「はいはい」

「ちょっとフジくん！　冷たいよ！」

ふたりは仲がいいのだろう。天原のタトゥーだらけの手が、隣に座る真幌の背を通り過ぎ、藤太郎の肩を揺らす。

ラッシュの隣席の女性が興味津々で訊いてくる。

「小泉くんと斑目くんは幼馴染みって、本当っ？　斑目くん、怖くない？」

「うん。約七年ぶりだったから再会したときはすごく驚いたし、怖かったですけど、今はぜんぜん平気……昔と変わってないところもあって」

「すてきー！　センチネルとガイドになって七年ぶりにＰＣＢで再会とか、運命だよ！」

「あり、がと……」

ラッシュが言ってくれた〃運命〃という言葉を、物凄く嬉しく思ってしまった。膝に乗る兎が、自分の頬を前脚でぽふぽふ押しながら「あかい、りんご」と伝えてくる。赤くなった頬を隠すためソイラテを飲んだ。

瞳をきらきらさせるラッシュの隣で、女性が「はぁーっ」と大きな溜め息をつく。

「運命的で素敵だけど、やっぱり9クラスのセンチネルは怖いよ。近づけない。斑目くんは無口すぎてなに考えてるかわかんないし、一色さんは圧が強すぎるし」

「なかでも白慈くんが一番怖いよね。何人ものガイドを壊して、使い捨てにしたって噂、ほんと無理。白慈くんがワードローブ室に来たら一瞬で空気凍るもん」

タワーでも寡黙を貫く佗助は、距離を置かれている。それが彼女たちの短い会話から窺《うかが》い知れた。そして思いもよらない白慈の話に、真幌は心の中で眉をひそめる。

「白慈くんがガイドを傷つけたところを見た人って、いるんですか？」

「ううん……。でも、何年もずっと消えない噂なんだ……」

「オロチの噂の真相は知らんけど、8、9クラスのセンチネルがガイドをダメにするのは不思議な話ちゃうで」

「ガイドを壊すって……外国のＰＣＢの話？　ここは美馬局長の絶対的秩序に守られてて、たとえガイドがタワーから抜けても、センチネルの好きにさせないって教わったけど……」

「それ橘ちゃんが言うたんやろ？　あの子まじめすぎて盲信しがちやからな。たしかに〝美馬局長の絶対的秩序〟ってので抑えられてると思う。でも抑えられてるだけで消えてへんで、センチネルの根本的な性質は大昔から変わってない。ガイドを無理やり自分のものにする凶暴性と、抗いきれん獣性。高位のセンチネルは基本、ケモノよ」

「……………」

「山狗やオロチや一色くんを見てみぃや、もう半分以上ヒトじゃなくなってるやん。ノイズ溜まりまくりでゾーン落ちしやすい、ガイドに嫌われる、野生化しやすい。９クラスなんかロクなことないで」

「野生化ってなに？　詳しく知らなくて。獣身化とは違うの？」

「ぜんぜんちゃう。獣身化は自分の意思で伴獣と一体化すること。野生化は、精神が乱れたりブチギレたりしたとき、勝手に伴獣になってしまうことや。運がよければガイドが人間に戻してくれる、運がなかったら人間に戻れん。〝伴獣に喰われる〟って言うねん、野生化はセンチネルの恥や」

いったい、どれほどの危険を抱えているのだろう。誰かから話を聞くたび、佗助を脅かすものが増えていく。

天原は「俺らは野生化なんか関係ないもんなー」とリカオンを撫でた。

「扱いにくい9クラスより、俺みたいな7クラスがちょうどええねん、一番かっこいいしな。でも優秀なばっかりに局長にコキ使われて、俺めっちゃかわいそうー！　ガイドちゃんたちケアしてぇ、慰めてぇ～」

両腕を広げた天原が全員をまとめて抱こうとし、ラッシュたちが「ぎゃーっ」「やめて！」と騒ぎ、藤太郎がわざと冷静に「ぼく一応センチネルです、ケアできかねます」と言い、皆で大笑いをする。

「フジくん俺にだけ冷たい！　でもそういうとこも、たまらん！　愛してるで藤太郎！」

天原の愛の告白と、迷惑そうな藤太郎に、また大きな笑い声が立つ。しかし、一緒になって笑う真幌の頭の中は佗助でいっぱいだった。

ノイズをもっと消せるようになりたい。ゾーン落ちや野生化の危険から守りたい。佗助のために、ガイドの力を確実に使えるようになりたい――強い思いが、恐怖や迷いを凌駕する。

真夜中の茶会はそのあとも長くつづいた。

大勢で会話して笑うのは久しぶりだった。タワーでこんな時間を過ごせるとは思っていなかったから、楽しい。でもそれ以上に、佗助がそばにいなくて寂しい。

夜風になびく美しい銀の髪を思い浮かべる。佗助はどこにいるのだろう。ノイズに苛まれず眠れているだろうか。

時刻は間もなく深夜二時になる。


研修最終日を明日に控えた昼休み、真幌は五十階へ向かった。

毎日の休憩時間を過ごす空中庭園には八分咲きの桜の木がある。美しく開放的な空中庭園のおかげで、タワーに閉じ込められていると感じずに済んでいた。

兎が嬉しそうに飛び跳ねる。シロツメクサの絨毯に寝転んだ真幌は、青空の眩さに目を細めた。

今朝、ワードローブ室でラッシュから受け取り、その場で着替えたベージュ色の制服は、佗助とデザイン違いのマウンテンパーカーだった。パンツのサイドに【ＰＣＢ】のロゴが入っているのも同じで、嬉しかったり照れくさかったりと忙しい。

佗助と再会してちょうど一週間になる。

さまざまな出来事が起こりすぎて、段ボール箱だらけの部屋で唐揚げ弁当を食べた夜が遠い日のように感じられた。

フィクションとしか思えなかったＰＣＢの世界に、馴染みつつある。日を追うごとにガイドの自覚は強くなり、もといた世界が遠ざかる。

ケアの訓練に必死で、タワーを出て行く手段を探る余裕などない。

なにより――必ず〝Biotope〟へ職場復帰してみせるという意思が、自身の中で薄くなっていることに、真幌は激しい動揺を覚えた。

――佗ちゃんが帰ってきたら、これからのことを相談しよう……。

『今度の仕事は東京を離れる。二日ぐらいかかると思う』と言っていた佗助は、まだ帰っていなかった。

チチチッ…、と鳥のさえずりが聞こえる。

兎はシロツメクサを食べ始めていた。

明るくてお洒落なラッシュ、厳しさと優しさで指導してくれる氏家と橘、黒ずくめの美しい一色、打ち解けるきっかけをくれた天原、総務室の笹山や藤太郎、医療スタッフ――異能者たちは個性豊かで魅力的な人が多い。このことも、真幌のPCBに対する不信を低減させる理由のひとつだった。

佗助が言った通り、研修が始まってからは美馬や柴田、那雲にも会っていない。

そして、白慈の姿も見ていなかった。

佗助と同じ十九歳だという。一度、ガイドの力を使って声をかけたが、失敗に終わった。外に自宅を持たずタワーで暮らす白慈は、ガイドに気配を探られたり話しかけられたりするのを拒絶している。そう感じた。

真幌は、天原と藤太郎との会話を思い起こす。

『十代なかばで覚醒する人が多いって教わったけど、仕事は何歳から始めるの？』

『精神面とか身体の成長を考えて、早くても十七からやで。俺は十五でタワーに来て、三年間は私学と訓練、それ以外の時間は遊びまくってた。ほんで十八で華々しくお仕事デビューしてん』

『ごく稀な例外もあります。白慈さんは七歳のときに、斑目さんは十三歳のときに覚醒して、彼ら自身の希望ですぐに仕事を始めたのは、タワー内ではすごく有名な話です』

『もー！　フジくんっ、ほかのセンチネルの話ばっかりせんとって！』

――十三歳と、……七歳って。いくらなんでも無茶が過ぎるよ。美馬局長やまわりの大人が止めてほしかったな……。

ラッシュたちは白慈のことを本気で恐れている。きっと多くのガイドやサポートスタッフも同じ思いなのだろう。

『何人ものガイドを壊して、使い捨てにした』――不確かな噂は信じない。

本人が纏う雰囲気に触れ、直接交わした言葉を信じることが大切だと真幌に教えてくれたのは、髪と瞳の色が変わり始めたころの佗助だった。

「あーっ、だめだ、また思い出しちゃった」

真幌は唇をゴシゴシこする。四日前のキスの感触が、まだ残っていた。

研修中は忘れられるが、休憩や食事の時間になるとすぐ思い出してしまう。そして今また感触が鮮明に蘇るのは、佗助が猛スピードでタワーへ向かっていると感じるからだった。

「あんなエロいキスするかあー？　めちゃくちゃ朴念仁のくせして」

由々しきことは佗助の口づけが嫌ではなく、巧みで気持ちいいと思ってしまったことだ。妙にキスし慣れているのも、それ以外の行為に躊躇がないのも、腹が立つ。いったい、いつどのようにして覚えたのか。

「なんだよ、むっつりエロ助め、こっちはファーストキスだったんだぞ……」

恥ずかしさと謎の嫉妬でのたうちまわりたくなる。ごろごろする真幌を放って、兎はモッモッとひたすらシロツメクサを食べていた。

「ちょっとウサさん、食べすぎじゃない？　おなか壊しそう」

しっぽをつつくと、「やだ、やめて」と言いたげにピョンと跳ね、また前脚でシロツメクサを挟む。肘枕をした真幌は、ふりふり動く真ん丸のしっぽを見つめながら考えた。

ＰＣＢは強引で、やはり納得のいかないところがある。うなじに刻まれたタトゥーは毎晩のように鏡で見てしまうし、これを〝保全印〟と認めて流すのは駄目だと思う。

ただ、組織の存在を頭ごなしに否定することは、もうできなかった。

「たしかに……中高生で覚醒したら、どうしたらいいか、わからないもんな……」

ＰＣＢ東京がなければ、十三歳で異能の力に目覚めた佗助を、五感の暴走やゾーン落ちで喪《うしな》っていたかもしれない。想像して、たまらなく怖くなる。

佗助が『必ず迎えにくる』と告げて姿を消した、その翌日、真幌は彼の母親を訪ねた。しかし斑目の家は空になっていた。不可解な状況に真幌と両親は首を捻ったが、今なら察しがつく。おそらくPCBが関わっているのだろう。

「──あっ、帰ってきた」

佗助がタワーの中へ入った気配を感じ取り、起き上がる。

次の瞬間、リュックを背負った大きな山狗が空中庭園に姿をあらわした。真幌めがけてダダッと一目散に駆けてくる様子が可愛くて、キスの恥ずかしさも胸の高鳴りも覚えずに済んだ。

「おかえり！　お疲れさま」

「真幌、ただいま。制服、着てる。似合ってる」

「今朝もらったばっかりなんだ。慣れなくて、ちょっと落ち着かないけど……」

嬉しそうな佗助は、どふ、と頭を制服に押しつけてきて、ぐりぐりしながら「リュック開けて」と言った。

「リュックすごい膨らんでるね、水のペットボトル取る？」

「水は、今はいらない」

「わかった」

ショルダー部分のバックルを外す。胡坐をかき、大きくて重いリュックを抱えると、佗助が腿に前脚を乗せてきた。ファスナーを開けて一緒に覗き込む。

「わ、おいしそう!」

海老煎餅、ういろう、どら焼き、チーズケーキ、真空パックの手羽先などが、リュックいっぱいに入っていた。

「真幌に、おみやげ」

「たくさんありがとうっ。名古屋《なごや》に行ってたんだ？」

「そう。二日で帰るつもりだったけど、仕事中に別の仕事がふたつ入って、長引いた」

「急に二件も？　ほんとに大変だったね……。新幹線で帰ってきたの？　それとも飛行機？」

「どっちもちがう。走って戻った」

「え！　名古屋から⁉」

「新幹線も飛行機も、センチネルがひとりで乗るのは難しい。車の運転は禁止されてる」

短い説明にうなずく。強い振動や騒音が制御アクセサリを突破し、五感を脅かしてくるからだと理解した。

「みやげもの売り場で買い物するの、初めてで。金を払ったら、店員に笑顔で『センキュー』って言われた」

「あははっ、背が高いし、髪も瞳も綺麗な色だし、店員さんは佗ちゃんのことを海外からの観光客だと思ったんだね」

「たぶん。真幌のためにいろいろ買うの楽しかった」

「本当にありがとう。すごく嬉しい！　おいしくいただくね。ラッシュちゃんたちと食べていい？」

「ん。いいよ」

リュックいっぱいに優しさが詰まっていて、頬が締まりなくゆるんでしまう。なによりも、佗助の口から「楽しかった」と聞けたことが嬉しい。

多くの外国人観光客がいるとはいえ、銀髪で身長が百九十センチを超えている佗助はかなり目立っただろう。大きな身体を屈め、土産をリュックに詰め直しているところを想像すると微笑ましくなる。

どんな仕事だったのか、危なくなかったか知りたいが、機密案件だから訊きにくい。リュックのファスナーを閉めた真幌は、訊ねる代わりに自分の話をした。

「佗ちゃんが仕事を頑張ってるあいだ僕も研修を頑張って、ケアできるようになったよ。いろいろ教えてもらった。たとえば、９Aセンチネルは特別な存在で、伴獣も想像上の動物や神使になる、とか。佗ちゃんは自分のこと山狗って言うけど、本当は狗神なんだね。白慈くんの伴獣は白大蛇……白い大蛇は神さまの使いだ。――じゃあ美馬局長は？　局長の伴獣って八咫《やた》烏《がらす》だよね。ということは」

「ほかのセンチネルの話をするなっ」

「わぁっ！」

思いきり体当たりされてドテッと寝転んだところに、山狗が乗り上げる。訊く相手をまちがえたと思い、すぐさま「ごめんなさい」と謝った。

真幌の胸の上でもふもふの太い前脚を交差させた佗助が、金の瞳で睨みおろしてくる。

後光が差して、まさに狗の神みたいだった。

「お、重い……」

「真幌はPCBに慣れた。だから今すぐ〝契約〟する」

「それまだ教えてもらってないんだ。明日、ガイディングと契約を習って、研修が終わるんだって。橘さんが言ってた」

「ん」

真幌の胸にぺたりと顎を乗せた佗助は、なぜか長い尾を振るまでに機嫌を直した。そうしてシロツメクサを食べつづける兎を、不思議そうに、じぃっ…と見つめる。

「佗ちゃんおなかすいてる？　ウサさんのことは食べないでよ。この仔、食いしん坊でさぁ。狗さんくらい大きくなっちゃったらどうしよ」

「おれは腹減ってない。――あと、伴獣は、ものを食わない」

「へっ？」

「伴獣は異能者の精神の塊。だから腹は減らない」

「えー！」

ならば兎ではなく、真幌の食い意地が張っているということではないか。呑気に『食いしん坊でさぁ』と言った自分が恥ずかしくなる。

「食べてばっかりで、ぜんぜん出さないなって、ずっと思って……た」

「大丈夫、真幌の伴獣は食ってもいい。特別可愛いから」

「ありがと、ね……」

佗助に慣れないフォローをさせてしまって余計いたたまれなくなる。兎を持ち上げて胸に乗せると、最後のシロツメクサをモッモッと大急ぎで食べ、ケプッと満腹の息をついた。

山狗は兎の尻の匂いをふんふんと嗅ぐ。その大きな体躯から、ノイズが漏れ出ている。

二度、佗助の痺れを感知できたが、あれは無意識のうちだった。今度は自分からノイズを捕らえるつもりで銀の獣毛に触れた。

「……！」

真幌は慌てて上体を起こして胡坐をかき、山狗の身体をぐいっと引っ張って抱き直す。

「佗ちゃん！　ノイズひどすぎるよっ」

「いつもこんな感じだから真幌は気にしなくていい」

「そんなっ……」

最も強いと感じた一色のノイズよりも、さらに激しい。黒板を引っ掻くような、聞くに堪えない不快な音が山狗の体内に響き渡っている。これでは精神まで脅かされて、普通ではいられないはずだ。

「ケアする！」

「しなくていい。おれのノイズを消すのは難しい。真幌が危なくなるから絶対だめだ」

「じゃあ、僕のケアの練習に付き合ってよ。ここまではケアできてこの先は危険だって、正しく判断できるようにならないと。その練習させて」

「だめだと言ってる」

「なんで？　僕のこと信用できない？」

むぅ、と山狗の眉間に皺が寄る。

兎がピトッとくっついて、真幌が「お願いだよ」と額を撫でると、佗助は溜め息をついた。

「……無理しない約束。無理したら、おれは怒る。真幌が泣いても怒る」

「わかった、約束する。でも佗ちゃんって僕に怒ったことないよね。僕は何回も怒ってるけど」

「ん」

まぶたがゆっくり閉じられる。真幌はふさふさの獣毛に両手を埋め、慎重にケアを始めた。

見慣れるはずがないと恐れていた山狗の姿は、もうすっかり慣れた。今は親しみまで感じている。

髪と瞳の色が変わっても、姿形が人間から獣に変わっても、佗助は佗助だ。真幌の好きな、寡黙で物静かな佇まいもそのままに。

「侘ちゃんは山狗の姿で過ごすほうが好きなんだね。人の格好より落ち着くから、とか？」

「真幌、やっぱりすごい」

「当たり？　やった！　侘ちゃんの考えてること当てるの、昔よくしたよね」

「うん。真帆は、いつも当たりだった」

兎は山狗の大きな身体の上でぴょこぴょこ跳ねて、後脚や尻の毛をせっせと繕っている。

真幌は、客にシャンプーを施すときのように訊ねた。

「痒いところや気になるところはございませんか？」

返事はなく、プスー…プスー…という心地よさそうな寝息が聞こえてくる。

侘助が熟睡できたことに、泣きそうになるほど安心した。

「侘ちゃん。本当によかった……」

再会できてよかったと、ようやく今、心から嬉しく想う。

宵の色を纏う美しい銀の獣毛。真幌はそこに、そっと唇を寄せる。すると山狗の口がモニョモニョ動いた。

「まほ、ろ」

センチネルの思考を読み取れるガイドの能力を今は使っていないのに、眠る侘助の想いが伝わってくる。

――真幌、好き。やっと、おれだけのもの。

――離れてた七年分も、いっぱい優しくする。

兎は耳をピーンと立て、「きゃあー」と両方の前脚を頬に当てた。可愛らしい姿を愛でる余裕はない。顔が真っ赤になったのがわかる。ドキドキと大きく鳴る胸の音で、佗助を起こしてしまわないか心配になった。

ガイドの力の覚醒は、あと数年、早くてもよかったのではないだろうか。そのようなことを考えだす自分は本当にお調子者だ。

「でもそれだったら、父さんと母さんに心配かけてしまうし、美容師になれてなかったかもしれない……。難しいな」

痛いくらいの胸の高鳴りを紛らわすためにつぶやいた。

この先のことを佗助に相談するのは、研修をきちんと終えてからにしよう。

怖いほどの激しいノイズに手が痺れてくる。でもケアをやめたくない。まだ余裕もある。

少しでも楽になるように、真幌は熟睡する佗助をぎゅうっと抱きしめて、時間の許す限り獣毛を撫でつづけた。

窃盗犯の身柄を押さえ、一件の路上性犯罪を未然に防いだ、深夜二時四十分。

佗助は電波塔の天辺で胡坐をかいていた。

手のひらに視線を落とす。拳を握ればノイズがバチッと弾ける。真幌に消してもらったばかりなのに、また新たに発生していた。

十三歳から蓄積されつづけたノイズが消えることはないだろう。超発達した五感は佗助の中で暴走するときを眈々と狙っている。

電波塔の天辺には静寂があった。しかしそこでもまだ雑音や超音波に苛まれる。地上約五百メートルまで達する臭いに吐きそうになる。マスクは煩わしくて嫌いだが、気休め程度でも今は頼らざるを得ない。装着すると、小型の吸収缶がプシュッと音を立てた。

隣に黙って座る山狗を、横目で見る。

多くの異能者が自身の伴獣と親しくなるようだが、佗助は山狗と言葉を交わしたことがなく、獣毛を撫でたこともなかった。

人間だったころの感覚はずいぶん薄れて、狗神の本能に支配されている自覚がある。それは佗助にとって心地いいものだった。

だが、伴獣に喰われるのだけは避けなくてはならない。

ネオンが眩しくて、眼球が割れそうなほど痛む。まぶたを閉じると、無力で弱かった幼い己《おのれ》が思い浮かぶ――。

髪と瞳の色に変化が生じたのは、八歳の春だった。母親は驚愕しながらも市販のヘアカラー剤を試してくれたが、一向に染まらず、早々と匙《さじ》を投げた。そのまま登校するしかなく、当然のように爪弾きの標的となった。

――見て、あいつの頭、白髪のほうが多い。目の色もへんだし。

――近よったら白髪がうつるよ。怖い、怖い。

クラスメイトに疎外されるだけでは終わらなかった。両親までもが、奇異なものを見る目を向けてくる。

――どうして……、あの子、急に髪と目の色が……気味が悪くて……。

――俺たちの知らない病気なのかもしれない。

家でも学校でも居場所を失くし、心が傷つきすぎて涙すら出なかった。真幌だけは変わらず佗助のそばにいる。それさえ苦痛に思うときがあった。

『佗ちゃーん、帰ろー。今日の宿題いつもより多くてさぁ、僕、がーん、てなってるの』

『あっち行け』

『えーっ！　なんでいきなりそんなひどいこと言うのっ？　理由を教えてよ』

『おれと一緒にいたら、まほろもみんなにきらわれるぞ。……だから、あっち、行けっ』

『なにそれ、へんなの！　なるほどって思う理由じゃなかったから、あっち行かない！　早く帰って宿題して、あそぼー。はい、手ちょうだい』

『……』

手をつないで登下校するのをやめたい。そう思いながら、差し伸べられた手を力いっぱい握ってしまう。真幌は朗らかに笑い、『握り合いっこしよ、えいっ！』と握り返してくれた。

真幌の、芯の強さと優しさに、どれほど救われたか知れない。

佗助のわがままをなんでも聞いてくれた。髪を切ってと頼めば鋏を持ってくれたし、『ぎゅってしていい？』と訊けば抱きついてくれる。毎日のように母親に電話もしてくれた。

『佗ちゃんは今日も僕の家に泊まります。ごはんあります、八時くらいにお母さん帰ってくるから心配しないで！　……うんっ、はいっ、大丈夫、おやすみなさーい！』

宿題をして遊び、夕食をとる。後片づけもふたりでした。風呂に入って一緒のベッドで眠る。

休日は、流れ星が描《えが》かれたおもちゃのテントを広げて寝たりした。

『佗ちゃんの髪、すてきな色だなぁ。目もキラキラしてて、きれい。金色の宝石みたい！』

皆が不気味がる髪と瞳を、真幌はいつも綺麗だと言ってくれた。

『金色の宝石、知ってる？　ぼく知ってるよ、ええっと、トパーズでしょ。まだ、あるんだけどー……』

『ほかに、どんな宝石があるの？　……あれ。まほろ？』

夢中で訊ねたけれど、真幌はまぶたを半分以上、閉じていた。

『こんど、いっしょに図書館、で、調べよ、ね……』

夢の中へ入る前に、ちゃんと約束してくれる。佗助は嬉しくて眠れずに、真幌の寝顔をずっと見つめる夜が何度もあった。小さな心はときめきとドキドキでいっぱいになり、傷ついたことを忘れられた。

幼い佗助を守ってくれた暮らしは、真幌が小学校を卒業し、学校が分かれたことで終わってしまった。二年間、我慢すればまた同じ中学校に通えると、信じて疑わなかった。

しかし十三歳になる年に佗助が両親に連れて行かれたのは長野県の中学校だった。

全寮制という閉鎖された空間で爪弾きは急激にエスカレートし、二度にわたって銀髪に墨汁をかけられた。

入学して三か月。よく持ったと今でも思う。

未成熟な少年少女たちへの憤りはないと言えば、それは嘘になる。でも傷つけたいとは思わなかった。残酷な彼らとは別の生き物になり、異なる世界へ行きたかった。

真幌のそばに帰りたい。

——うわあぁっ……、真幌っ……！

深く傷ついた心が、真幌に会えない苦痛に耐えられなくなったとき、佗助は絶叫とともに気を失った。一瞬の気絶から回復すると、スーツを着た男が立っていた。

『私はＰＣＢ東京局局長の美馬です。貴方をＰＣＢ東京へ連れて行きます』

伴獣である狗神との一体化は歓喜に満ちていた。

佗助はこれになりたかったのだ。

声のつづく限り吠え、暮れなずむ街を走る。陽が落ちて黒一色になった森林の奥深くも驚くほどよく視えた。山脈を越えて、長野県から山梨《やまなし》県を駆け抜ける。三本脚の八咫烏は常に遥か頭上を飛行していた。

『一般人とは深く関われなくなります。お別れを伝えたい人はいませんか？　一分間のみ許可しましょう』

告げるのは別れではなく約束だ。佗助は真幌のもとへ駆けた。

『中学はどう？　寂しくない？　僕は佗ちゃんがいなくてすごく寂しぃよ』

『久しぶりに会えたのが嬉しくて。そこ危ないよ、早く部屋に入って。晩ごはん食べた？』

優しくて笑顔が可愛くて、十三歳の胸は壊れそうなほどに高鳴った。

抱きしめたい、でも叶わない。佗助は込み上げる想いを堪え、大切な約束を伝えた。

『真幌のこと、必ず迎えにくる』

両親や周囲の者がこの姿を忌み嫌っても、関係ない。『綺麗だね』という真幌の言葉がすべてだ。なにがそんなにつらかったのか、容姿の色ごときで思い悩んでいた己を佗助は笑う。

山狗でも化け物でも、なんでもいい。真幌が許してくれるなら。

『今後、小泉真幌君にいっさい接触してはいけません。遠目に姿を見せて気づかせることも禁じます。貴方はもう常人ではない、PCB東京の9Aセンチネルなのです』

『真幌は絶対にガイドだ。匂いでわかる。覚醒したら、おれだけのものにする』

『……わかりました。貴方が持つ稀有な力で、この国を、そして小泉君を守りましょう』

タワーに入って一週間後、佗助が『仕事をする』と言うと、美馬はやたら嬉しそうに微笑んだ。

美馬から『仕事です』と指示があれば、人を脅威から救い、ときに人を泥濘《でいねい》に沈めた。身体を鍛え、仕事を確実に遂行し、美馬の信頼を得て、PCB内での立場を不動のものとする。すべては真幌を守るためだ。

タワーの人間と関わる気はなかった。どれだけ多くのガイドやサポートスタッフが周囲にいても、真幌がそばにいなければ独りと同じだった。

視えるのに、触れられない。待ち焦がれた約七年の歳月は頭がおかしくなりそうなほど長かった。

「真幌っ……」

一週間前の夜の、濡れた肌や、口の中で硬くなった茎の感触を思い出し、佗助は長躯をぶるっと震わせる。

真幌さえ手に入れば、あとはどうでもいい。

そして明日、ようやく真幌は佗助だけのものになる——。

5

研修七日目の午前中、氏家が最後のケアの練習に付き合ってくれた。そのまま仕事へ向かう氏家に、真幌は「一週間ありがとうございました」と挨拶をする。ドーベルマンの鼻先にギュッと抱きついた兎は、我が伴獣ながら度胸があると思う。

昼休みを挟んだ十三時二十分、橘と真幌は【３０３】の部屋で待機していた。

「ガイドの最も重要な仕事〝ガイディング〟と、センチネルとガイドが交わす〝契約〟については、紅丸さんが教えてくれます」

「紅丸、さん……？」

「はい。紅丸さんはどの局にも所属していません。各国のＰＣＢから依頼を受けてケアとガイディングをおこなう、最高位の７Aガイドです。間もなく美馬局長との打ち合わせを終えて、ここに来てくださいます」

初めて聞く名ではないような気がして、記憶を辿った。

『無理やり契約したらだめだって紅丸に叱られた』――タワーで目を覚ました日の夜に聞いたと思い出す。佗助が口にした異能者の名は極端に少ない。彼を叱ることができる紅丸は、近しい存在なのだろうか。

コツ、コツ、と高い足音がゆっくり近づいてくる。ドアが開いて、橘と真幌は同時に椅子から立ち上がった。

「紅丸さん、お疲れさまです。わざわざ申し訳ありません」

「久しぶりだね、橘。元気してた？　僕、今日からまたPCBトーキョーで幾つか仕事するんだ。これはただのついでだよ、気にしないで」

研修最終日の課程を「ただのついで」と言った紅丸は、二十代なかばの中性的な人だった。背の中程に届く豊かなブロンドに強めのウェーブをかけている。デコルテと右肩があらわになったローゲージニットと、スキニーパンツが華奢さを強調していた。細いヒールの足許に、伴獣のシャム猫がじゃれつく。

「はじめまして、小泉真幌です。よろしくお願いします」

「きみがウワサの〝まほろ〟くん」

「え……？」

「僕は紅丸。フリーランスのガイドだよ。EUの各局をまわる時期もあるけど、だいたいはPCBトーキョーを中心に、PCBシャンハイやマカオあたりで仕事してる。よろしくね」

美しくて妖艶で、強烈な色香を放つ紅丸に気後れしてしまった。なぜだろう、目の遣り場に困る。

紅丸は、自身と同じ青黒《せいこく》色の瞳をしたシャム猫を抱き上げた。

「なに教えるんだっけ？　今回もガイディングと契約だった？」

「はい……お願いします」

「PCBトーキョーのガイドたちはこのふたつを教えるのが苦手だよねえ。真幌くん、説明を聞くより実際に仕事してるところを見たほうが早いよ。十五分後、ボンディングルーム二号室に来て。——集中力がすごく必要な仕事だから、静かに入ってきてね」

ただでさえ甘ったるいのに、言葉の最後をひときわ色めいた声で言い、紅丸は部屋を出て行った。

残り香に一瞬だけくらりとして、橘に訊ねる。

「ボンディングルームって、なんですか？　名前はフロアマップで見ましたが……研修中に行ったことありませんよね」

「はい。……本当に必要なときのみ、立ち入る場所です。深く傷ついたセンチネルのガイディングや、異能者たちが契約をおこなう部屋です。四十三階に……四部屋、あります」

橘も紅丸の色香に眩暈を覚えたのだろうか。急に歯切れが悪くなった。

「研修は修了です。初日にお伝えした通り、即実践に移り、ガイドとしての在りかたを体得していくことになります。紅丸さんのレクチャーが終わったあとは自室で待機してください。この部屋に戻る必要はありません」

「えっ」

思わず声を出してしまう。氏家と橘の熱が入った研修は、突然あっけなく終わった。

「今夜から仕事……には、ならないはずですが、誰になにをさせるかを決めるのは美馬局長ですので……。心積もりだけはしておいたほうがいいかと。最初の仕事は、センチネルの繁華街巡回に同行など、簡単なものだと思います」

橘は緊張した顔に無理やり笑みを浮かべる。それを見た真幌は、このあと始まる紅丸のレクチャーに一抹の不安を抱いた。

「仕事が始まって、わからないことができたら、いつでも訊いてください。初めのうちは焦ったり不安になったり、怖いと感じるときがあると思いますが、バディを組むセンチネルが必ず守ってくれます。相手を信じ、バディからも信頼されるように、ケアを頑張りましょうね」

「……はいっ。橘さん、一週間、本当にありがとうございました」

冷たく突き放されたわけではないけれど、ふたりの教育係を頼りにしていたから、あっけない修了は少し心細くなる。橘へ深く一礼した真幌は、牝鹿の前脚にヒシッとしがみつく兎を抱き上げ、部屋を出てエレベーターに乗った。

「はぁ……」

——佗ちゃん、あの夜……『叱られた』って、しっぽがしおしおになるくらいヘコんでたけど。色気たっぷりの紅丸に甘ったるい声で叱られて、落ち込んだというのか。

どうしてだろう、心にわずかなもやもやが生まれる。兎が、真幌の胸に顔をぐりぐり押し当てて「いやだー。いやなの」と訴えてくる。

「僕も気が進まないけど、教えてもらう立場だし、言われた通りするしかないよ。レクチャーって、紅丸さんとふたりっきりでするのかな。はぁ……」

四十三階は廊下の幅が五メートル以上と広く、四部屋が完全に独立していた。

妖しく誘い込むように、ボンディングルーム二号室のドアがわずかに開いている。指示通り、音を立てずに入った真幌は、スイートルームのような豪奢《ごうしゃ》な室内に息を呑んだ。

革張りのオットマンと飴色のサイドテーブルが置かれた玄関ホールを進むと、五、六人が過ごせそうなリビングが広がる。そこに紅丸の姿はない。部屋の四方にあるみっつのドアのうち、ひとつが全開になっていた。

「——……ぁ、……ん」

先ほど耳にしたばかりの甘い声が、開かれたドアの向こうから聞こえてくる。

ひどく嫌な予感がする。腕の中の兎も震えだした。しかしガイディングと契約を教わらなければ研修は終わらず、佗助の力にもなれない。

アラベスク模様のカーペットを静かに歩いて、ドアへそろりと近づく。

恐る恐るベッドルームを覗き込み、とっさに片手で口を押さえた。

「あっ、あっ……」

全裸の紅丸が誰かに跨がり、腰を前後に振っている。紅丸の肌を撫でまわすセンチネルの後ろ姿に、真幌は驚愕し、その場にへたり込んだ。

小柄な彼の腕や背には、佗助に引けを取らないほどの筋肉がついている。細いながらも引き締まった脚に、紅丸を軽々と座らせていた。カラーリングに失敗した、色斑のある髪。そして、うなじに刻まれた【16972/9A】のタトゥー。

佗助と同じ、９Ａのセンチネル――。

「相変わらずヤラシイ孔してんなー。指二本がつるっと入るって、どうなってんだこれ」

「ふふっ……、気持ち、いい……」

「美馬サンと打ち合わせだったんだろ？　ついでに一発ヤったのか？」

「もうっ……して、ないよ。今日は……あっ、ぁ、白慈だけって、決めてる、の」

「ふーん。それにしちゃ蕩《とろ》けすぎだ」

上機嫌の声を出す白慈は、紅丸の後孔に指を埋め込んでいた。

真幌のガイドの能力が感じ取る——白慈の精神と肉体を蝕む激しいノイズが、紅丸の丁寧で強力なケアによって次々と除去されていく。

「白慈のペニス、熱くてすっごくかたい……ねえ、入れる？」

「や、指で充分。四本に増やすけど」

「うそ、……ぁ、いやっ」

「これだけ熟《う》れてりゃ三本でも物足りねえだろ？」

「だったら、ペニス入れ……、あっ！　だめ、そんなっ、急に強くしちゃ……いく、いくっ」

「エッロ……。最高、たまらねえな。脚、開け。いくとこ見せろよ」

紅丸は大きく開脚し、赤く染まった陰茎をしごいて射精する。蜜が放たれていく様子を見つめる白慈が喉で笑った。

「おーおー、めっちゃ漏らすじゃねえか。孔すげぇ締まるし」

「んっ……。白慈がナカのアソコばっかりいじるからでしょ。塗ってあげるね」

ネイルの施された十本の指がなまめかしく動いて、鍛え上げられた腹や胸に精液を塗りつける。寒気を覚えるほどの淫らな光景から視線を逸らしたい。今すぐここから逃げ出したいのに、強い金縛りにあったように目も身体も動かせなかった。

白慈が乱れたブロンドを梳き、優しく掻き上げる。

「このビジュアルで男のモノぶら下げてるってのがなー。何年経っても見慣れねえっつうか」

「ふふ、なにその言いかた……、だめ？　きらい？」

「いいや。たまにぞくぞくする」

「大好きってことだね」

「まぁ、それなりに」

　馴染み深そうなふたりは笑い合う。紅丸が口を開けて、唾液がとろりとしたたる舌を差し出すと、白慈はそれを美味そうに舐め、咥えた。

　舌を吸われながら、紅丸が真幌へ視線を寄越してくる。妖艶に目を細める。悪寒のようなものに襲われ、ぞわっと全身が粟立った。

　後孔から指を抜かれた紅丸が「ぁ……、ん」と裸体を震わせる。

「白慈も、いくでしょ？」

「ああ。わりと限界きてる。あとでもう二回くらい、頼むわ。次は飲む」

「相変わらず欲張りさん」

「そりゃあタフで巧《うま》いおまえが来たときにできるだけノイズを除去しとかねえとな。ここのガイドはどいつもこいつもヤワすぎて、すぐ壊れちまう」

「何人壊してきたんだろうね。僕が誰かと契約したら、白慈はどうするつもり？」

「どうもしねえよ。契約したい奴がいるならすりゃいいじゃねえか……」

「ン……」

紅丸が脚のあいだに顔を伏せ、勃起を咥える。白慈は波打つブロンドに手を添えて、腰を力強く揺らし、喉を反らせて果てた。

ドンッ、と兎が思いきりぶつかってくる。

「――っ！」

体当たりをしてくれたことでようやく金縛りが解けた。兎を抱いて、這うようにリビングを抜ける。部屋を飛び出し、廊下の壁に背を当ててずるずると座り込んだ。

――なに、あれっ……！

ドッ、ドッ、と激しい動悸が体内に響く。性的な興奮はいっさいなく、見せられた嫌悪感に手先が冷たくなっていた。

紅丸がボンディングルームから出てくる。シルクガウンをかろうじて纏っているだけで両肩も腿《もも》も剥き出しだった。シャム猫にからかわれた兎が真幌の身体を駆け登り、制服のフードに潜り込む。

「真幌くんがお望みなら、このあと三人でたっぷり実習できるけど？」

情事の匂いが漂ってきて、紅丸を直視できない。俯いて目を伏せた。

「どういう、ことですか。……あれ、を、僕に見せることに、なんの意味があるんですか」

「あれが、ガイドだけが持つ能力〝ケア〟だよ」

「違う。橘さんたちが教えてくれたのは」

「肌を摩ったり目を覆ったりすればノイズが消える、って？　まちがってはないけどね、ガイドの仕事としては手ぬるいよね」

棘《とげ》のある言いかたに、顔を上げる。

ブルーブラックの瞳が見おろしてくる。

「僕が白慈にしたのが本来の〝ケア〟。一晩中、身体を撫でつづけたって、消せるノイズは高が知れてる。ディープキス、ペッティング、セックス——深く絡み合うほど、センチネルの能力と精神が安定するし、一度にたくさんのノイズを除去してあげられるんだ。きみ、さっき感じてたでしょう、白慈にナカをいじられた僕が大量のノイズを消したのを。あの子たちを苦しめるノイズを根こそぎ消す快感は、ガイドだけが味わえる特別なものだよ。きみも必ず病みつきになる」

あんなこと絶対できない。真幌は滅茶苦茶に首を横に振る。それを無視して〝レクチャー〟は進んでいく。

「唾液と、精液や愛液も。飲ませてあげたり、センチネルの肌に塗ったりすることで、鋭敏になりすぎた五感を抑えられるんだよ。二、三日は制御アクセサリを外せるくらい。ふふっ……いやらしいお薬だよね」

剥き出しの白い肩を揺らして笑う紅丸は、なぜか苛立っているように見えた。

「〝ガイディング〟は、錯乱や昏睡状態に陥ったセンチネルの精神に入り込み、現実に連れ戻すこと。ゾーン落ちや野生化したセンチネルを一度見れば、きみもわかる、悠長に撫でてなんかいられないって。身体を限界まで深くつなげてガイディングするしか救う方法はない」

一瞬、強くなった語気は、またすぐ甘ったるい声に戻った。

「お互いの魂を融合させながらセックスするとね、ガイドの能力はそのセンチネルにしか効かなくなるし、センチネルも相手のガイドのケアとガイディングしか受け付けなくなる。精神的にも肉体的にも唯一無二の〝つがい〟になること——これを〝契約〟って言うの。このボンディングルームは、センチネルとガイドがセックスを繰り返して契約を成立させるための部屋」

「契、約——」

真幌は、眦が痛むほど目を見開く。

再会した瞬間の佗助の声が、脳内に蘇る。

『ちゃんと伴獣のことが視えてる。真幌はガイドに覚醒した。今すぐ〝契約《ボンド》〟を——』

『起きるの待ってた。おれと真幌は今すぐ〝契約〟する』

『真幌はＰＣＢに慣れた。だから今すぐ〝契約〟する』

昨日も空中庭園で言っていた。なにごとにも無関心な佗助が異様に執着する〝契約〟、その正体に真幌は戦慄を覚えた。

紅丸が左手の甲を見せてくる。ピンクゴールドの大きな指輪が嵌まった薬指を、右手で指さす。

「契約が成立するとね、ガイドの左手の薬指に模様が浮かび上がるの。とても綺麗だよ、ヘナタトゥーみたいで。薬指の模様は所有の証だから、ほかのセンチネルたちはそのガイドに興味を示さなくなっちゃう……って、わかりやすい習性だよね。お互いの心が結びつかなければ模様はあらわれない。強引なセックスで契約を無理やり成立させて、そのあと絆《ほだ》そうとするセンチネルもいるけど、ガイドが壊れちゃうことが多いからお勧めできないかな」

「あ……あなた、と、白慈くんは……契約、を？」

「それ本気で言ってる？　僕の指に模様ないでしょ。あの子も僕も、誰かと契約する気なんてないよ。僕はどのセンチネルもケアするしガイディングする」

「白慈くん、以外の、センチネルも……」

「いけない？」

くすくす笑われて、顔が赤くなる。

ＰＣＢの世界に馴染んできたと思えたのに。本来のケア、ガイディング、契約の正体――また受け入れがたい現実を一気に増やされて頭がパンクしそうだった。

紅丸は豊かなブロンドを掻き上げる。

「世界には、身体を使うケアを拒否してるガイドもいるよ。冷遇されるけどね。ノイズを消すのはガイドの本能みたいなものじゃないかな。超発達した異能と完璧な肉体を持ってるくせに、自分より弱いガイドに依存しないと生きていけないセンチネルって、可愛いと思わない？　ケアとガイディングはお金になるし」

「……」

「習ったでしょう？　高位のセンチネルほど精神的に脆くてゾーン落ちしやすいって。特にPCBトーキョーのセンチネルはよく働くからね、僕たちガイドがいっぱいケアして、いい子いい子してあげなきゃ。白慈や左近、佗助も」

紅丸が最後に呼んだその名に、なぜか動揺してしまった。

ブルーブラックの瞳が艶っぽく潤む。

「山狗の彼、すごくいいカラダしてるよね。無口だけどいやらしくて。――好き」

かっ、と胸が炙られたように熱くなる。

真幌の強張った顔を見た紅丸はまた笑う。

「本当に白慈と三人で実習しなくていいの？　じゃあ僕のレクチャーはおしまい。明日から仕事がんばってね」

ナーァと鳴くシャム猫が、なめらかな足取りでボンディングルームの奥へ入っていく。紅丸はドアを閉めた。

「――、っ……」

息がしにくい。マウンテンパーカーの中のTシャツが皺だらけになっている。いつから強く握りしめていたのか、わからなかった。

はっとしてドアを見る。その向こうにいる白慈のノイズが消えていくのを感じる。ふたりがふたたび行為を始めたとわかって、真幌は転がるように逃げ出した。


自室へ駆け込み、内鍵をかける。

マウンテンパーカーを脱いでソファへ投げた。ラッシュが作ってくれたものだから大切にしたいけれど、今だけは佗助と揃いの制服を着ていたくなかった。

ベッドに入って頭まで掛け布団を被る。キューゥ、キューゥと悲しげに鳴く兎を両腕で包み、身体を丸める。

真幌がボンディングルームへ行く直前、緊張した顔に無理やり笑みを作った橘。

彼女を責めるのは筋違いだ。おそらく、橘を含むすべてのガイドが同じ研修課程を辿らされてきた。覚醒から一週間が経過して異能者の自覚が強くなったころに、ガイドの本来あるべき姿を教えられる。

佗助が契約に拘泥《こうでい》するのは、9Aセンチネルである自身にケアが必要不可欠だからだ。ガイドを自分だけのものにできるなら、真幌でなくてもいい。

ケアやガイディングを求め、常に飢餓状態にあるセンチネル。この数年間、佗助は、ガイドたちに数えきれないほど〝深く絡み合うケア〟を施されてきたのだろう。

わからなかった。

胸がひどく苦しい。一色や天原やセンチネルたちと裸で抱き合うなんて絶対したくない、だが目の前で五感が暴走すれば、真幌は彼らを見殺しにできない。本当に、どうすればいいのかわからなかった。

ぐちゃぐちゃに混乱した頭の中で、紅丸の言葉が無限にループする。

『山狗の彼、すごくいいカラダしてるよね。無口だけどいやらしくて。——好き』

真幌の知らない、紅丸だけが知っている佗助。

あまりの衝撃にまた息がしにくくなる。

忘れたいのに、まぶたを閉じると白慈と紅丸の性行為が浮かぶ。まぶたの中で、白慈が佗助に変わった。裸の紅丸が『すごくいいカラダ』に跨がって腰を振る。佗助は長い指を後孔に埋め込む。精液を腹や胸に塗られ、唾液のしたたる舌に吸いつき——。

真幌が想像している以上のことが現実に何度もあったに違いない。紅丸は『無口だけどいやらしい』佗助を知っている。頭と心が煮えそうだった。

「……、嫌だ……」

こんなにもどろどろとした感情が沸き起こるとは思いもしなかった。

強烈な嫉妬という形で佗助への恋心を自覚するなんて、あまりにもひどすぎる。悲しくてたまらなくなる。

「う、……ぅ」

ふいに、ベッドが軋んだ。

掛け布団を踏む、四本の脚を感じる。

「真幌」

「――っ！」

布団を咥えられ、捲られる。山狗の大きな体躯が真幌を跨いできていた。

「勝手に入って、くるなっ」

「ドアをノックした。部屋に入ってからも二回、真幌って呼んだ」

混乱しすぎて近づく気配どころかノックの音にすら気づけなかった。そして真幌は戦慄する。

佗助がここに来た目的はひとつ――。

「真幌。〝契約〟する」

山狗が布団の中へ潜り込んでくる。「いぬさん、いやだ」とじたばたする兎を咥えてベッドをおりる。

「やめてよ、放してあげて！」

「大丈夫。絶対にウサさんを傷つけない」

獣身化を解いた佗助が覆い被さってきたせいで、キューーッと鳴く兎が見えなくなってしまった。

佗助はマウンテンパーカーを脱いでタンクトップ姿になる。筋肉質の長躯の重みを感じてすぐに唇が触れてくる。

「んっ……」

拒みたいのに、佗助のキスの心地よさを知る唇が勝手に開いてしまう。胸板を叩いても無駄で、真幌を抱く腕に力が込められただけだった。クチュッと音を立てて舌が絡みついてくる。

濡れた唇に、骨ばった人差し指と中指が当てられた。口の中へ入れられる。

佗助は、深いキスによってあふれた真幌の唾液を掬い、次はその指を自分が含んだ。さらに唾液を纏わせ、また真幌の唇に差し込んでくる。

「うっ、んぅっ」

「真幌、可愛い」

二本の指を咥えさせられたまま、ベルトを外されファスナーを開かれる。パンツと下着を太腿まで下げられた。首を横に振り、足をばたつかせて抵抗する真幌を、佗助は片腕で抱いて軽々と体勢を変えた。

向かい合って横臥させられる。大きな手が尻の丸みをつかみ、狭間を開く。

「だめだ、お願いだからっ、……ぁ！」

唾液をしたたらせる指が窄まりに触れた瞬間、身体がビクンッと跳ねる。ぬるついた粘液を塗り込まれる淫らな感触にぞくぞくと肌が粟立った。

再会した夜の、ただ強引で恐ろしかった動きとは違う。佗助の指が後孔をこりこりと甘く引っ掻くたび、「あっ、あ」と勝手に声が漏れた。

「これ好き？　すごく可愛い。まほろ……」

「あぁ……、だめ……だ。放して」

「怖くしないよ、痛くしない」

「ん――、っ……！」

　ぐちゅ…と孔をゆがめて、長い指が入ってくる。未知の圧迫感と異物感に汗が滲む。堪えきれず肩に爪を立てても、侘助は痛がりもせずに、「ハ……」と恍惚の吐息を漏らした。

「真幌の中、狭くて、あったかい」

「いや、だっ」

「薬指の模様、早く見たいけど、孔がほぐれて真幌が気持ちよくなるまで、がまん、できる。真幌との大切な契約だから」

　フーッ、フーッ、という獣みたいな息づかいで、自身に言い聞かせるようにつぶやいた。

　真幌の首許に顔を埋めて、肌を貪るように舐め、吸う。二本に増やした指をゆっくり抜き差ししながら、真幌の萎えたままの器官に陰茎をこすりつける。勃起した性器の太さや、ごりごりとした硬さが、カーゴパンツ越しでも生々しく伝わってくる。

「真幌っ……」

「や……！　もう、さわる、な」

好きなのに触られたくない。否、好きだから触れられたくなかった。ほかの誰かを愛撫した手で真幌の奥を触らないでほしい。そう強く思っているのに、侘助の指を受け入れ、肌は侘助の感触を追いかける。

激しく相反する心と身体に耐えられなくなる。たとえようのない切なさから逃れたかった。

「はな、せ……僕じゃなくてもいいんだろ！」

言い放つと、内壁をいじる指の動きが止まった。首許から顔を離した侘助が、興奮を孕む金の瞳で睨むように見つめてくる。

「どういう意味」

「ケアされたいなら、紅丸さんにしてもらえばいいっ。……いつも、みたいにっ」

「なんで紅丸？　意味がわからない。おれと真幌だけの契約だ、こんな大事なときにほかの奴のこと考えるな」

なぜ真幌が咎《とが》められなくてはならないのだろう。悔し涙の匂いがする。侘助に掻き乱された心と身体は限界で、彼以外の存在に縋りたくなる。

「助けて、っ……」

かすれた声で叫んだとき、バキッ！　という大きな破壊音が立った。

「真幌っ！」

ボンディングルームから来てくれたのだろうか。厚いドアを蹴破って一気にベッドへ近づい

た白慈は、細身からは想像できないほどの、腹に響く怒声を放った。

「どこでも見境なく盛ってんじゃねえぞっ、山狗！　真幌を放しやがれ！」

後孔から指が引き抜かれた瞬間に、下着とパンツを戻してベルトを締めた。佗助はベッドに膝をついて上体を起こし、白慈を睨む。たった今まであった激しい性的興奮は、冷めきっていた。

「真幌の名前を口にするな。出て行け」

「山狗が盛ったときは助けてやる約束してんだよ。ま・ほ・ろ、となｌ
赤色の目を剥いてニィッと嗤う白慈が、思いきり強調して名を呼び、煽り立てる。

佗助はベッドを出た。百九十センチを超える巨躯で、小柄な白慈を圧するように立つ。

「邪魔するなら殺す」

「なんだてめえ、やんのか？　あ⁉」

色斑のある髪がゆらりと揺れた。白慈の肩でおとなしくしていた白蛇が、シャーッと牙を剥きながら巨大化していく。それと同時に山狗が一度の跳躍で佗助の足許に着地する。

獣身化した佗助と白慈が大きな体躯を激突させる。パチッ！　バチバチッ！　と耳をつんざく音が鳴り、紫色の火花が弾け散った。

「うっ……！」

兎が必死で飛び跳ねてくる。腕で包むだけでは足りなくて、真幌はガタガタ震える兎をT

シャツの中に潜り込ませた。

鮮やかな紫色の火花を見るのは二度目だった。最初に見たときはわからなかったが、今は、センチネル同士の能力が衝突して発生するものだと感じ取れる。

長大な胴が銀色の身体に巻きつき、絞めあげていく。山狗はガウッと吠えて白色の鱗に鋭い牙を立てた。

両者は離れてまた激突する。火花が次々と弾け、稲妻のような紫色の閃光まで走る。

9Aセンチネルの強大な力と力がぶつかり合う、その凄まじい衝撃に空間が一瞬ゆがみ、天井や壁に長い亀裂が入った。

「やめろよ、ふたりとも！」

震える声で怒鳴ったところで止められるはずがない。人を呼ぶためにベッドをおりて出入り口へ走ったとき、黒色の塊がヒュッと風を切って飛び込んできた。驚いた真幌はその場にしゃがみ、白慈が声をあげる。

「くそっ！」

八咫烏は大きな黒翼を羽ばたかせて白大蛇の顔を容赦なく叩き、三本脚で山狗の眉間を蹴りつける。そうして、大破したドアの近くに立つセンチネルの肩に悠々と止まった。

「美馬、局長――」

「双方、直ちに獣身化を解きなさい」

低く短い声に、ふたりの9Aセンチネルが姿をあらわす。真幌から見える廊下には、轟音を聞いた大勢の異能者が集まっていた。皆、怪訝な表情でこちらを覗いている。

薄い唇を結ぶ美馬が、佗助と白慈と真幌を順番に指さし、「来い」と顎で示す。そのような乱暴な所作をするとは思わなかった。本気で怒っているのがわかり、黙って局長室へ向かう美馬と佗助のあとに真幌もつづいた。

「なんで俺もなんだよ。だるっ」

不機嫌を極めた白慈は局長室へ入るなり、背を向けて、バイカラーの一人掛けソファにどかっと腰をおろした。

佗助は執務デスクの前に立ち、真幌は三者から距離を取った。じっと立って初めて、後孔に指の感触が残っていると気づく。早く消えてほしかった。山狗がぴったりくっついてきたが、兎はまだ震えていて、大好きな山狗のことを見ようとしない。

エグゼクティブチェアに座った美馬があきれ果てた声で言う。

「貴方がた、9Aセンチネルの自覚がありますか？　破損は上下のフロアにまで達しています。損害状況を細かく調べ、時間をかけて修復作業をおこなうのは、貴方がた高位の異能者を支えているサポートスタッフたちです。彼らは忙しい。余計な仕事を増やさないでください」

「俺は美馬サンの『無理強いをしそうなときはお願いします』って依頼の通りに動いただけだ。損害請求は山狗にしてくれよ」

「無理強いじゃない」

「真幌、助けてって言ったぜ？　無理やりだろうが」

美馬は溜め息をつき、佗助を見据えた。

「強制的に結んだ契約は非常に脆いです。小泉君が壊れますよ？　佗助はそれでいいのですか？　貴方、なんのために十三歳から単身で仕事をしてきたのですか」

佗助が異様に伸びた牙を剥き出しにする。

真幌は力なく俯いた。

昨日の昼休み、優しさが詰まった名古屋土産をたくさんもらった。佗助のノイズを消し、彼が熟睡できたことに、泣きそうになるほど安心した。再会できてよかったと、心から嬉しく想ったのに。

大切にしたい想いをたった一日で失ってしまうなんて。どうすれば取り戻せるのか、わからなかった。

怒りを抑え込んで牙を仕舞った佗助は、低い声でつぶやく。

「契約は無理やりじゃない。オロチが真幌に近づくのが、気に食わない」

「ハッ！　ガキかよ」

白慈は立ち上がり、パーカーのポケットに両手を突っ込んだ。

「だったら今すぐ契約でもなんでもすりゃいいだろうが。真幌を壊した罪悪感に苦しみまくってまえも死ね」

真幌は憤りの吐息をつく。先ほども佗助の口から『殺す』という言葉が出てきて悲しくなった。彼らはなぜそこまでひどいことが言えるのだろう。涙の気配を懸命に追い払った。

白慈は大股でドアへ向かう。

しかし急に足を止めた。

赤い瞳で、グレー色のフローリングを睨みつける。

「おい。誰だ？　ゾーン落ち――」

それは白慈が最初に気づき、佗助と美馬も足許に視線を落とした直後のことだった。

ウアァッ――…というセンチネルの絶叫が聞こえて、ドォン…と鈍い衝撃が階下から突き上げてくる。

ドアが強くノックされ、血相を変えた柴田があらわれた。

「局長！　パーティー会場の警固を担当していた犬鷲《いぬわし》が、ゾーン落ちしました！」

美馬は静かに立ち上がる。

研修中、ケアの練習に付き合ってもらった。犬鷲を伴獣とするのは、女性センチネルの大和《やまと》だ。

「ガイディングは」

「紅丸と清川がしています！」

「ゾーン落ちの原因は」

「清川によれば、通常の下見中、犬鷲が『なにか、おかしい』と言いだしたそうです。視覚と聴覚を使い始めたとき、どこかからパンッと音が鳴り、犬鷲の痙攣が始まったとのことです。清川もかなり混乱しているので情報は正確とは言えません」

白慈が「意味わからねえ」と舌打ちする。

大和の叫び声がまた聞こえてきて、真幌まで苦しくなった。

ゾーン落ちの恐ろしさを初めて肌で知る。途方もなく巨大な闇に呑み込まれてしまいそうな恐怖は大和が感じているものだ。真幌のガイドの共感力がそれを鮮明にとらえる。我慢できずに涙があふれて、目許を滅茶苦茶に拭った。

美馬は徹底して冷静だった。

「案件を仕切り直します。白慈、佗助、小泉君は隣の会議室で待機を。柴田は、左近と川久保《かわくぼ》君、椎名《しいな》さんおよび芙蓉《ふよう》君を招集。三分以内にお願いします」

返事をした柴田が慌ただしく出て行く。美馬はすぐに電話をかけ始めた。

「真幌っ」

佗助と同じくらい真幌も言いたいことがあり、責めたい思いもある。だが今はそれをするときではなかった。

ガラス張りの会議室にはすでに一色が座っていて、細長い紫煙をくゆらせている。椎名や川久保たちも来て、五名のセンチネルと二名のガイドが集まった。

先ほどの鈍い衝撃や絶叫は、もう伝わってこない。紅丸と清川のガイディングが成功したと信じ、大和が一刻も早く苦痛から解放されるようひたすら願った。

紫色の細かな火花が空中でパチパチと弾ける。互いから最も離れた椅子に座る佗助と白慈は、なおも諍《いさか》っていた。小さな美しい金絲猴《きんしこう》を肩に乗せた芙蓉が「やめてもらえます？　迷惑」ときつく言い、ようやく火花はおさまった。

書類を手にした美馬と、柴田につづき、一歩遅れて紅丸が会議室に入ってくる。

「大和さんは」

「こっちに連れ戻したよ。もう大丈夫。清川のケアが終わったら那雲先生も診るって」

「御苦労でした。大変申し訳ないですが、あと一仕事お願いします」

うなずいた紅丸は誰とも目を合わさず、オブザーバー席に脚を組んで座った。

落ち着きのある透き通った声が説明を始める。

「今夜、グラーツホテルで、ベンチャー企業の社長主催の異業種交流パーティーが催されます。若手の都議会議員・朝比奈峰子《あさひなみねこ》と根岸翔太《ねぎししょうた》が招待されており、大和さんは清川さんとバディを組んで、議員二名の警護についていました。非常に危険で不本意ですが、大和さんがなにに違和感を覚えたのか、それを調べる時間がありません」

「まさか、襲撃計画でもあるのでしょうか」

「襲撃する価値これっぽっちもねえよ」

白慈が柴田の発言を被せぎみに全否定し、それを局長の華奢な手が制する。

「大和さんが感じたものの正体も、清川さんが聞いた音の正体も特定できないのです、油断してはいけません。警護対象は二名の議員のみでしたが、これにパーティー客を追加します。会場全体の警固にあたってください。交流パーティーは十七時より受付、十八時開始です」

真幌を含む数人が壁へ視線を向ける。そこに埋め込まれたデジタル時計は十六時三十二分を表示していた。

「佗助はホテル屋上へ。パーティー会場の位置を正確に把握し、真上で待機。バディは白慈と小泉君。椎名さんと芙蓉君。四名はバンケットスタッフとして、また、川久保君と紅丸は招待客としてパーティー会場に入ってください」

「美馬っ！　真幌をおれ以外のセンチネルと組ませるなと言った！」

突然、佗助が大声を出したことに驚いて、真幌は肩をびくつかせた。

間髪を容れず一色が「慎め、山狗」と戒める。

「先にサポートスタッフを向かわせました。現場に到着次第、ユニホームへの更衣など、彼らの手順に従ってください。左近、獣身化して現場統率を」

「承知した」

「バディは車で、単身センチネルは獣身化して、直ちにグラーツホテルへ向かってください。

決して油断しないように」

皆が一斉に立ち上がり、美馬が会議室のドアを開けて出発を促す。

「真幌、聞いてくれ、おれはっ――」

「山狗！　無駄口を叩くな、速やかに現場へ向かえ！」

「行くぞ真幌、俺たちは地下駐車場だ」

黒豹に姿を変えた一色が、低い声で一喝する。真幌は白慈に手を強く引っ張られ、エレベーターに乗り込んだ。

「真幌！」

ひとことだけ言葉を交わせばよかったかもしれない――エレベーターのドアが閉まる間際、振り返った真幌は戸惑う。

あんなにも色濃い焦燥を見せる佗助は、初めてだった。

6

サポートスタッフが運転する車は茜色に染まる都心を進む。

後部座席に座る真幌は白慈に言われ、彼の太腿に手を置いていた。振動に脅かされないよう触覚を抑え、ノイズを取り除く。兎に興味津々の白蛇が、真幌の腕をするする伝ってくる。兎は顔だけをTシャツの裾に突っ込み、はみ出た尻と丸いしっぽを震わせていた。

一週間ぶりにタワーの外へ出た感動は特になかった。〝Biotope〟のことも今は考えられない。緊急事態の中の初仕事ともなれば極度の緊張に襲われるものだが、不安も緊張も皆無なのは、集中していないからだ。

滅茶苦茶に混乱した頭と心の中に、なおも佗助だけがいる。

「山狗の奴、おあずけ食らって美馬サンに怒られて、さんざんだな。ざまあみろ。さっきの奴の情けない顔、見たか？　俺は気分がいい」

センチネル同士は相容れないものと理解していても、今の言葉は物凄く嫌だった。太腿から手を離そうとしたが、パシッと音を立てて押さえつけられた。

白慈がかけている眼鏡の淡いブルーレンズに、己のひどい顔が映る。

「おまえなぁ。俺の前でシケたツラばっかすんなよ。一週間前より悪化してるじゃねえか」

「………」

「俺だってバディ組むの久々なのに、相手のガイドはほかのセンチネルのことで頭がいっぱいで、仕事にまったく集中してない。めちゃくちゃ腹が立つ。俺はそんな奴に命預《あず》けなきゃならねえのか？」

「ごめんなさい。集中したいって……思ってる」

「おまえ、そのぐだぐだの状態で現場入るつもりかよ」

白慈の鋭い視線から逃れたくて窓の外を見る。

オレンジに色づいた高層ビルやランドマークが次々と流れていく。

佗助はもうホテルの屋上に着いただろうか。

青みを帯びた銀の獣毛に夕陽が重なれば、摩訶不思議な美しい色を呈するのだろう。

どうしても佗助のことを考えてしまう自分が嫌だった。頭を振り、太腿に触れている手にぎゅっと力を入れると、白慈はあきれぎみに息をついて言った。

「たしか山狗は、美馬サンと話つけてるはずだ。ガイドと組まずに単独で仕事するって」

「え……」

振り返った瞬間「集中しろ、ノイズ消せ」とたしなめられた。白慈は、真幌が手のひらに意識を向けるのを待ち、つづきを話す。

「適合率が高いガイドとか、身体の相性がいい奴にケアを頼むときも多いけど、仕事でバディを組んだガイドのケアを受けるのが基本中の基本だ。俺は、山狗がバディを組んだところを見たことがない。奴がケアを拒否した話は、たまに聞く。俺の知る限りだが、ボンディングルームに入ったこともない」

「……ずっと、ひとり？　センチネルがケアを拒むなんてこと、あるの？　じゃあ佗ちゃんは、あのひどいノイズをどうやって……」

「山狗がノイズを溜めようがゾーン落ちしようが俺には関係ない。俺の話を鵜呑みにするなよ、隠れてガイドたちとヤリまくってるかもしれねえぜ？　まずは山狗に『待て』を躾けることだな。そのあと話し合うなり契約するなり好きにしろよ。今はこの仕事をきちっと終わらせることだけ考えろ」

紅丸の話を聞いてから鉛《なまり》を呑み込んだように重かった心が、白慈の言葉で軽くなる。本当にお調子者だと、真幌は自分を笑う。

先ほど佗助はなにを伝えようとしたのだろう。きちんと向き合わずに逃げた自分が情けなくなった。彼の話に耳を傾けて、真幌からも伝えなければいけなかった。ほかの誰でもなく、佗助の言葉を信じたい。子供のころ、迷わずそうしていたように。

そしてもうひとつ、わかったことがある――塞ぎ込む真幌を見かねて、嫌いな佗助を擁護するみたいに話を聞かせてくれた白慈は、『何人ものガイドを壊して、使い捨てに』するような冷酷非情なセンチネルでは決してない。口が悪くて態度も大きいけれど、ガイドである真幌を案じてくれていると感じられた。

数分のあいだに嬉しい出来事が重なり、「へへ……」と声が漏れてしまった。口をへの字にした白慈は、にやにやする真幌をじっとりした目で見る。

「ころっとテンション変えやがって、どんだけ単純なんだよ。おまえ、この俺にほかのセンチネルの話を、しかも山狗の話をさせることがどれだけの悪事かわかってんのか？　え？」

　そうして二本の指で額をドスッ、ドスッ、と突いてくる。

「いたたっ……。ちがうよ、佗ちゃんのこと、だけじゃ、なくてっ」

「あん？　ほかに、なにがあるってんだ」

「やっぱり、なんでもない、ありがとうっ、白慈くん、痛いっ」

「研修、終わったんだろ？　だったらもうＰＣＢ東京のガイドだ、腹くくれよ、真幌。仕事に集中しろ」

「うん、わかった」

「よし。じゃあ景気づけに一発、ちんこしゃぶり合いでもするか。現場まであと十分くらいあるし」

「ばっ……ばかじゃないの‼　するわけないだろ！　センチネルの倫理観どうなってんだ⁉」

「はあ？　なんで怒るんだよ。誰とも契約してないうちはみんなのガイドだぞ。山狗にはちんこしゃぶらせてノイズ消すくせに、俺にしゃぶらせねえとはどういうことだ。えこひいきすんなよ。――なあ、おい、聞いてんのか真幌、こっち向け」

　ぷいっと窓の外へ顔を向け、ぎゃあぎゃあ言う白慈の声を聞かないふりをする。しかし自然と口許がほころんでしまっていた。白慈のおかげで仕事に集中できる。しっかり集中しよう
――そう思った。

グラーツホテルに到着して車をおりた途端、強い緊張を覚えた。

真幌は天を仰ぎ、宵の空へ伸びる高層ホテルの屋上を見つめる。

姿をとらえられなくても、佗助からは真幌が視えているとわかるから、「仕事、頑張ろう。またあとで」と唇を動かした。

サポートスタッフに案内されて従業員入り口からホテルへ入る。小部屋で、椎名と芙蓉のバディに合流した。自分たちが装うバンケットスタッフの仕事内容を教わり、フォーマルなユニホームに着替えてネクタイを結ぶ。真幌は、芙蓉のポニーテールをほどいてシニヨンを作り、ヘアゴムとピンを使って白慈の髪をタイトにまとめた。

「真幌くん、すごい！　ぼくの髪も一瞬でくるくるってしたし、白慈さんもショートカットに見える」

「急だったものですから、美容関係のスタッフがいなくて……。本当に助かります」

客のヘアアレンジは美容師にとって日常的なものだが、芙蓉やサポートスタッフたちが喜んでくれて、少しでも役に立てたことに真幌まで嬉しくなった。その隣で白慈が黒色のコンタクトレンズを装着する。

「コンタクトなんか入れて大丈夫なの？　ノイズ溜まりそう」

「制御アクセサリと同じ要領で作られてるセンチネル用だけど、めちゃくちゃ苦痛。持って二時間だな」

「視覚が暴走する前に外させるから」

「なんだぁー？　急にガイドらしくなりやがって」

にやにやする上機嫌の白慈にバァンと背を叩かれて、真幌は「うっ。強い」と息を詰まらせた。白慈と真幌、椎名と芙蓉はそれぞれの伴獣を連れ、バックヤードを通ってパーティー会場へ出る。

途端に、華やかな喧噪《けんそう》に包まれた。

パーティーは立食形式で、四台の巨大なテーブルに煌びやかな料理が並び、周囲にテーブルクロスのかかった円卓が配置されている。会場を彩るフラワーアレンジは著名なフローリストの作品だろうか。アイボリー色の壁と、上品な薄紫のカーペット。それらを、洗練されたシンプルなシャンデリアたちが照らしていた。

川久保と紅丸のバディはまだ到着していなかった。黒豹に獣身化した一色はパーティー客のあいだを縫って歩いているが、当然ながら誰一人として気づかない。そして真幌は、遥か真上に佗助の存在をしっかりと感じた。

十八時、異業種交流パーティーが始まった。

白慈は銀のトレーを、真幌は手拭き用のタオルを詰めた小さなバスケットを持ち、並んで壁際に立つ。

壇上にあらわれた主催者の社長は目を瞠る若さだった。真幌には無縁の世界なのでわからないが、百人超のパーティーは規模の大きいほうではないだろうか。駆け出しのタレントやファッションモデルも参加しているようで、テレビや雑誌で見る顔もあった。都議会議員・朝比奈峰子と根岸翔太については、佗助を含むセンチネル全員が居場所を把握している。

「力、使う。ノイズ消してくれ」

「うん」

真幌は、小柄ながらも筋肉のついた背に手を当てる。白慈は早々に強いノイズを発生させながらつぶやいた。

「なーんかな。美馬サンらしくねえっつうか」

「どういうこと？」

「もちろん例外もあるが、わりとでかい仕事でも基本的に一組のバディが担当する。理由はもうわかるだろ？」

「……センチネルの縄張り意識が強くて、連携できない、から？」

「そ。センチネルが何人か集まるのは、国際コンベンションの警固とかクラブ摘発のときだ。こんなしょっぼいパーティーに異能者を八人もぶち込むなんて美馬サンらしくない」

「それだけ美馬局長は警戒してるってことじゃないかな……。大和さんが感じたものの正体はわからないままだし、清川さんが聞いた『パンッ』って音、あれも怖いよ」

「そいつらを探ってんだけど、なんもねえな」

視覚と聴覚、嗅覚も駆使する白慈の、９Ａセンチネルのずば抜けた能力の高さを感じる。しかし、やはり彼も、五感の暴走という危険と背中合わせだった。

開始からの三十分は早く過ぎたが、あとの二時間がひどく長く感じられた。

実業家とそのパートナーに扮した川久保と紅丸に、一度だけ接触する。スタイリッシュな美男と美人のカップルは華やかで目立つ。彼らの伴獣のボルゾイとシャム猫も優雅だった。

「真幌くん、こんばんは。急にお仕事になっちゃって大変だよね」

「お疲れさまです……」

気まずいと思っているのは真幌だけらしい。それより、視線も言葉もいっさい交わさない白慈と川久保の険悪さのほうが深刻だった。

せめて仕事中だけは協力し合ってほしい。新人の身で出しゃばりたくないが、そっぽを向く白慈の代わりに、真幌はきらきらと眩しい川久保に訊ねる。

「気になることはありましたか？　白慈くんは今のところ怪しい人物やモノを感じてないようです」

「こっちも、特には。犬鷲が感じた〝なにか〟を突き止めたいけど、パーティー中は難しそうだね。さっき一色さんに、議員と客と会場に集中しろって言われたし」

真幌はうんうんとうなずく。その隣で白慈は、自身が持つトレーからカクテルグラスを取った紅丸に「普通にパーティー楽しみやがって」と悪態をついた。

時間が経つにつれ会場は熱気を帯びていく。

白慈は触覚を使って壁に触れ始めた。真上の佗助も、視覚と嗅覚で会場付近や駐車場を探っているのが感じられる。一色はふたりの議員を中心にパーティー客を守る。

センチネルたちの様子を確認しながら、真幌は空いた皿やグラスをトレーに集めた。バックヤードへ入り、洗い場へ運んで「お願いします」と声をかける。腕時計を確認し、ずっと肩や後頭部にくっついている兎に小声で話す。

「えらいねウサさん。あと少しだよ。タワーに帰ったら小松菜とリンゴ食べようね」

「真幌、おまえもだ。なに普通にバンケットスタッフしてんだよ」

「だって、ぼうっと立ってるわけにはいかないし……。あっ、白慈くん、目ゴシゴシしたらだめだよ」

つらそうにこする手を止めて、自分の片手で白慈の両目を覆い、そこに発生したノイズを吸い取る。

「コンタクトつけてから二時間過ぎてるよ、もう外そう」

「いや、いい。今、何時？」

「八時半ちょうど。パーティーは九時までだから、そろそろ挨拶とかあるのかな。議員さんたちは二次会には参加せず事務所へ戻るよね……」

「こりゃ肩透かし食らって終わりそうだなー」

「いいよ、肩透かしで。無事に終わるのがなによりだよ」

「美馬サン、こうやって、たまーに異能者の無駄遣いすんだよ。カンベンしてほしいぜ」

笑う白慈はあと三十分と知って、張りっ放しの気をほんの少しゆるめられたようだった。真幌もつられて笑う。

ふたりでバックヤードを出て会場へ戻ると、そこに椎名と芙蓉のバディがいた。

「お疲れさまです。椎名さん、なにか気になることはありましたか？」

「いや。いったい犬鷲はなにを察知したんだろうねえ。正体を突き止めるのはパーティーが終わってからかな？　局長の指示次第だね」

椎名の伴獣のアラスカン・マラミュートが「あたし、いい仔にしてるよ。撫でて」と伝えてくる。素晴らしい弾力のモコモコの獣毛を優しく撫でた。

椎名・芙蓉組と別れ、白慈と真幌は残り三十分、会場の警固にあたる。

真上に意識を向けさえすれば、すぐ佗助の存在を感じられた。真幌はこうして何度も想ってしまうが、佗助はふたりの議員とパーティー客しか見ていないようだ。仕事に対する姿勢と集中力にも惹かれる。

早く話がしたかった。佗助とガイドたちの過去に、心が抉《えぐ》られるほどつらくなるかもしれない。しかし白慈の言葉通りなら、真幌が大きな誤解をしているかもしれなかった。佗助の口からすべてを聞き、真幌の想いもすべて伝えたい。そして――。

——佗ちゃんとバディを組めたら……。

どんな困難な仕事も、力を合わせて成し遂げられる気がした。

二十時四十分、酒の香りと熱心な会話で満たされたパーティー会場は最高潮を迎える。壇上にマイクスタンドが準備され始めたときだった。

「真幌ッ、伏せろ！」

「え——」

白慈に頭を抱えられ、下げられて、真幌はカーペットに両手をついた。

「きゃあっ……！」

ボンッ！　と近くで爆発音が立ち、女性が悲鳴をあげる。

「なにっ？　なにが起きたのっ？」

「誰かが小細工かましてきやがった。真幌、紅丸と芙蓉と協力して全部のドアを全開にしろ。びびる必要ない、落ち着いてやれよ」

「わ、わかった」

離れた場所でふたたび破裂音が鳴った。そこへ向かって黒豹が跳躍する。一色の指示が聞こえてくる。

「オロチ、獲物を捕らえろ！　ボルゾイは議員たちを守護、マラミュートは客を外へ誘導、山狗は一度目の爆発物確認！　火を消せ！」

一色が言い終わるよりも早く、佗助はパーティー会場に降り立っていた。爆発地点へ走っていく。

ボン、ボンッ、と小さな爆発が立てつづけに起こり、四台の円卓のテーブルクロスが次々と燃え上がる。真幌が全開にできたドアはひとつだけだった。大勢のパーティー客が我先にと押し寄せてくる。「落ち着いて、分かれて出てください！」という椎名の大声がする。

「しゃ、社長が刺された‼　社長っ」

「男がナイフを持ってるぞっ！」

客たちが叫び、真幌は怖気立った。火災サイレンが鳴り響く中、あちこちで悲鳴があがる。濃い煙が広がり、スプリンクラーが放水を開始し、会場はわずか数十秒で凄まじいパニック状態に陥った。

「獲物は五人だ！　ふざけやがって！」

怒鳴りつけた白慈が常人には見えない白大蛇に獣身化し、現行犯の男を絞めあげて失神させた。血液の付着した刃物が見える。途端にサバイバルナイフを振りかざされた夜が蘇って、真幌は動けなくなってしまった。

ふいに、大きなマウンテンパーカーが肩にかけられた。

鼻と口に清潔なタオルが当てられ、そっと肩を押されて座らされる。この大混乱にも動じない、物静かな声が降ってくる。

「煙を吸わないように、できるだけ低くしゃがんで。すぐ真幌のところに戻るから待ってて」

「ありがとう。——佗ちゃん、気をつけてね」

互いの手をぎゅっと握り合った。山狗を連れて、タンクトップ姿の佗助が煙の向こうに消える。その長躯が激しいノイズに苛まれているのが、触れた一瞬だけでわかった。

危険で恐ろしい状況に全身の震えが止まらないが、ガイドの役目を果たしたい。佗助のマウンテンパーカーを頼りにして、兎を抱き、身を屈めて壁伝いに進む。

黒いロングコートが翻る。獣身化を解いた一色だ。彼が現行犯の首に手刀を打ち込んで気絶させたときだった。

「え……？　なに。なんで」

煙が漂う空間に、鮮やかな紫色の火花がバチバチッと弾ける。

この独特の色の火花は、センチネル同士が衝突したときにしか発生しない。今、佗助たちは現行犯を押さえるという共通の行動を取っているのに、どうして——。

そのとき一色の間近で、パンッ！　と大きな音が鳴り響いた。

「——っ！」

「一色さん⁉　一色さんっ」

音によって聴覚の暴走を引き起こされた一色が卒倒する。長い黒髪が薄紫のカーペットに広がり、耳孔から血液が流れ出てくる。

　空砲に似た音を誰がどのようにして出したのか、わからない。真幌は一色の耳を手で覆い、タオルで血を拭いて、落ち着きを失くした黒豹を撫でて宥《なだ》めた。

　紫色の火花はなおも弾け散る。突如、強烈なフラッシュが閃《ひらめ》く。真幌が見たそれは、明らかに白大蛇の赤い目を狙っていた。

「白慈くん！」

「ちく、しょうっ！」

　閃光をまともに受けてしまった白大蛇が、グァァ――……と苦痛の怒号を放ち、長い胴を撓《しな》らせながら倒れていく。

　ガイドの能力が、離れた場所からのセンチネルの声を――美馬の声を感じ取る。

『各々、直ちに撤退。これより警察が入ります、加害者および被害者を置いて速やかに撤退しなさい。繰り返します、各々、直ちに撤退を』

　転がるように駆け寄ると、白慈は人の姿で倒れていた。

「白慈くんっ！　だめだっ、ゾーン落ちしないで！」

「かまう、な……、さっさと……行け……、撤退、命令――」

　意識を失った白慈の、長く白いまつげを有する顔は、可憐な少女のようだった。

　閉じたまぶたから鮮血が涙のように流れ落ちる。真幌はそれを躍起になって拭う。悲しげにさまよう白蛇を掬い上げて白慈の胸に乗せた。ガタガタと激しく痙攣する細身を掻き抱き、蒼

ろうか。

なにがどうなっているのか、わからない。空砲みたいな音もフラッシュも、センチネルを狙ったように見えた。佗助まで攻撃されていないか不安でたまらなくなる。しかしそれらを見たのは真幌だけで確証がない。紫色の火花もすべて、混乱しすぎた脳が齎した幻影だったのだろうか。

パーティー客が消えた会場に、スプリンクラーの散水音が静かに響く。川久保と紅丸、椎名と芙蓉の気配はすでになかった。

薄くなった煙の向こうに人影が浮かぶ。さっき約束した通り、佗助が戻ってきてくれた。

「佗ちゃんっ……大丈夫だったんだね、よかった……！　今、フラッシュみたいなのが——」

安堵の笑みを浮かべて人影に声をかけた真幌は、直後、戦慄に頬を引きつらせた。

「なんだ貴様ら。なに邪魔してくれてんだよ。ひとり、殺《や》り逃したじゃねえか」

男が着るバンケットスタッフのユニホームは返り血と煤《すす》にまみれている。血走った目は正気の色を失い、手には血のしたたるアイスピックがあった。

「責任取れよ。代わりに貴様らが死ねっ！」

白慈を抱き身動きが取れない真幌に向かってアイスピックが振りかざされる。

「助け……て。——助けて佗ちゃん！」

真幌は声の限り絶叫する。振りおろされたアイスピックの先端がマウンテンパーカーを貫いた瞬間、視界が青みがかった銀色でいっぱいになった。

山狗に撥《は》ね飛ばされ、フロアに叩きつけられた男の脚が奇妙な方向に折れ曲がる。

「ぎゃあぁっ」

跳躍した山狗は男の腹部と顔面を踏み潰し、グオォッ！　と激怒の咆哮をあげた。

このままでは男が死んでしまう。佗助が殺人を犯してしまう。白慈をフロアに寝かせてマウンテンパーカーを被せ、真幌は必死に走って銀の獣毛にしがみついた。

「だめだっ、放して！　服が破れただけ、僕は怪我してないから！」

通常の二倍以上に膨張した巨大な体躯は怒りに満ちている。美しい金色の虹彩は消え、眼球全体が淡黄色に濁っていた。長く伸びた牙を剥き、涎をだらだらと垂らすそのさまは獣身化とは違う。悲痛の声が、おのずとこぼれた。

「ああ……、そんな……」

これは、野生化だ――。

佗助の精神が山狗の精神にまたたく間に呑み込まれていく。ガイドの共感力がそれをとらえて、真幌まで苦しくなった。

ゾーンに落ちかけている佗助はなおも男を噛み殺そうとする。真幌は山狗の顔に腕をまわし、涙声で語りかけた。

「お願いだよ。もうやめて。一緒に、タワーへ帰ろう」

兎が山狗の頭に乗り、「かえるの！」と力いっぱい抱きしめる。グルルッと唸った佗助は、脚のあいだに潜り込むようにして真幌を背に乗せ、走りだした。

「白慈くん！　一色さん！　……佗ちゃんっ、待って！」

佗助は止まらない。倒れたふたりがみるみる遠ざかり、涙でぼやけて見えなくなった。

ホテルの厚い壁を通り抜けて外へ出る。

花冷えの夜風が、濡れた頬を乱暴に撫でていく。

周囲に消防車や救急車やパトカーが犇《ひし》めき、グラーツホテルは夥しい数の回転灯で赤く染まっていた。

夜空にプロペラの音が響く。

頭上を過ぎて、グラーツホテルへ向かう二機のヘリコプター。機体には【ＰＣＢ】のロゴがあり、美馬が乗っていると感じ取ることができた。

白慈と一色は絶対に助かる。局長が必ず助けてくれる。安堵した真幌は、彼らを置いて脱出してしまった後悔の涙を拭った。

山狗は道路を駆け、背に乗る真幌はヘリコプターを見つめつづける。機体がホテルの真上でホバリングを始めた。ドアが開き、姿をあらわした大型の肉食動物に、真幌は目を瞠った。

アムールトラが太い尾を揺らして、ヘリコプターから身を躍らせる。

美しく逞しい肢体を伸ばし、ホテルの屋上へ降下していくその光景が、スローモーションのように見えた。

「嘘……」

真幌は異能者だからよくわかる。同じ種類の、強大な力を感じる。

あれは、あの大型の虎は――獣身化したガイドだ。

アムールトラは屋上に消え、グラーツホテルが立ち並ぶビルに隠れて見えなくなった。

「……っ！　佗ちゃん！」

山狗の巨体がぐらりと揺れて、深くまで裂けた口から大量の泡があふれだす。ハアッ、ハアッと息を切らしながら、タワーを目指して中央区を走り抜ける。

夜の街を行き交う人々の視線が集まり始めた。佗助は野生化がさらに進行し、姿を消すことができなくなってしまっていた。皆がスマートフォンのカメラを向けてくる。

「今のなんだ⁉　狼のバケモノみたいなやつ！」

「でかい！　あそこ、誰か乗ってないか？　男っ？」

山狗は高層ビルの壁を駆け登る。途中ザザァッと滑り落ち、鉤爪《かぎづめ》を立てて堪え、辿り着いた屋上で倒れ込んだ。

「う……、ぅっ」

聞こえてきた声に怒りが抑えられなかった。佗助は化け物などではない。たとえもとに戻れずに、人間の姿と言葉を失って、彼らの言うバケモノになったとしても、真幌は一緒に生きていく。

「もう二度と離れてやるもんかっ……」

ユニホームのエプロンを外し、泡にまみれた口を拭った。

「佗ちゃん、苦しいね、タワーが近くに見えてるよ、あと少し……あと少しっ」

長い舌が伸びてきて、ぼろぼろとこぼれ落ちる涙を舐め取る。ガイドの唾液や精液が効くなら、涙液《るいえき》だってきっと有効だ。

真幌は、鋭い牙が覗く山狗の口に唇を寄せた。

涙と口づけが効いてくれたのか、わずかに力を取り戻した佗助は起き上がり、ふたたび真幌を背に乗せる。ビルからビルへ跳躍し、タワーめがけて最後のビルを蹴った。

空中庭園へ吸い込まれるように落ちていく。着地に失敗した巨大な身体が、ドスン…と鈍い音を立て、真幌と兎はシロツメクサの絨毯に投げ出された。

「斑目さんっ！　小泉さん！」

橘の声がする。佗助が空中庭園からタワーへ入ると正確に感知していたのだろう。

「よく戻ってきてくれましたね！　早くボンディングルームへ！」

駆け寄り、真幌を起こしてくれた橘の言葉に、また涙があふれてくる。

「氏家さんや、天原くん……いますか？　佗ちゃんを、運んで……」

「影響を受けて五感が暴走してしまいます、ほかのセンチネルは近づけませんっ。ゾーン落ちしたセンチネルに接近できるのは６A以上のガイドだけです！」

「どう、しよう……」

「小泉さんっ、気をしっかり持ってください！　斑目さんは野生化しながらここまで辿り着いてくれたのです、次はガイドが力を尽くす番です！」

橘の叱咤が、悲嘆してばかりの心を奮い立たせてくれる。真幌はうなずき、目許を力いっぱい拭って泣くのをやめた。

一歩進むごとによろめく山狗の身体をふたりで支え、エレベーターに乗せる。五十階から四十三階への降下が果てしなく長く感じられた。佗助は四肢を痙攣させて、また泡を吹き出した。橘がボンディングルーム一号室のドアを開ける。玄関ホールを抜け、リビングに入ったところで佗助は限界を迎えた。

「佗ちゃん！」

グアァ――――ッと苦痛の咆哮をあげて激しくのたうつ。ローテーブルやオットマンが横転する。

伴獣に喰われまいと、佗助は暴れまわった。荒ぶる巨躯は、真幌と橘のふたりがかりでも押さえられない。強烈なノイズに侵された身のうちで、佗助の精神と山狗の精神が複雑に絡まっているのがわかる。

真幌も必死だった。逆立つ獣毛を鷲づかみにして叫んだ。

「狗さんも苦しいよね！　ごめんっ……、でもお願いだっ、侘ちゃんから離れて！」

癒着した精神を剥がす思いで獣毛を引っ張る。

次の瞬間、巨躯がふたつの個体に分離し、その衝撃で真幌と橘はうしろへ倒れた。

侘助に激しく撥ね飛ばされた山狗がカーペットに叩きつけられる。倒れたまま動かない山狗のところへ兎がまっすぐ駆けていく。

「小泉さん！　野生化が！」

「解け、た……？」

だが侘助はなおも狗神の獣性に支配されていた。ブーツは壊れ、服は千々《ちぢ》に破れて跡形もない。湾曲した背と、異様に隆起している筋肉。肥大した手足には黒い鉤爪があり、裸体は二百センチを優に超えている。腰まで長く伸びた銀髪を振り乱し、グオォッと吠える。

人ならざる怪異な有様に、橘は恐怖した。それでもガイドの役目を果たそうと、震える手を伸ばす。

「ふたり、がかりで……ガイディング、を――」

「危ない橘さんっ！」

侘助が手を嚙み千切ろうとする。真幌はあいだに割って入り、橘を抱いて守った。

また吠えた侘助はただひとりを求め、ほかのすべてを拒絶している。目を合わせた真幌と橘は、方法がひとつしかないことを同時に理解した。

「僕が、ガイディングします」

「小泉さん、どうか精神力を強く保ってくださいっ。心に迷いが生じてガイディングに失敗すれば、センチネルとガイド諸共《もろとも》に壊れてしまいます！」

「大丈夫。必ず連れ戻します」

「信じています、美馬局長とともに待機してますから」

手を握ってうなずき合うと、橘は走ってボンディングルームを出て行く。

真幌は躊躇せず、煤で汚れたバンケットスタッフのユニホームを脱ぎ捨てた。

すぐに腰をつかまれてソファに寝かされる。いびつな巨躯に覆い被さられても平気で、裸体を密着させて抱き合った。

「佗ちゃん。連れ戻すよ。あと少しの我慢だから」

グルルッ…と唸る佗助の、額に浮かぶ大粒の汗を拭う。獣の荒い呼吸も、剥き出しの長い牙も怖くない。淡黄色に濁ってしまった瞳が、どうかもとに戻りますように。真幌はまぶたに口づけて、額を触れ合わせ、佗助の精神世界へ入っていく。

——……っ！

体内を埋め尽くし精神を蝕むノイズは、想像を遥かに超えた苛酷さだった。

ギイィ——…と鼓膜を抉る奇怪な音や、数多の針で肌を刺されるような感覚に襲われる。

幾層にも重なるノイズの向こうに佗助の存在を感じた。痺れと痛みを感じながらノイズを掻き分けるたび、佗助の記憶が浮かんでくる。

タワー内の私学に通う少年少女は髪の色も瞳の色もさまざまで、誰かが誰かを疎外するようなことはない。けれど、心を閉ざしてしまっている佗助に異能者の友人はできなかった。

十五歳でタワーの外に与えられた、ひとり暮らしの部屋。本棚とベッドだけが置かれた広い空間はあまりにも寂しい。

記憶の中の佗助は、いつも独りだ。

数百人ものサポートスタッフがいるのに、なぜ真幌はいないのだろう。そればかり考えて、誰とも関わらなくなった。

性行為を伴うケアやガイディングは受けない。紅丸の『おいでよ。ケアしてあげる』という誘いを何度も断り、やがて『もう言ってくるな』と撥ねつけた。本当の危険を感じたときだけ、6A以上のガイドに腕をつかんでもらって凌ぐ。

ガイドを求めるセンチネルの強い本能を抑えるのは簡単で、真幌を抱きたい衝動を堪えるのはひどく難しかった。

苛烈《かれつ》なノイズは蓄積されつづける。いつゾーン落ちしてもおかしくない巨躯を丸め、浅い眠りを漂う。

夜が来るたび、電波塔の天辺に、独り。

眼下に広がる歓楽街のネオンに目を細め、物思いに耽った。

『真幌。まだかな……』

早く迎えに行きたい。ガイドに覚醒したら、ずっとそばにいられる。孤独を抱え、真幌が覚醒する瞬間を夢見て、佗助はＰＣＢの仕事を黙々と遂行してきた。心許《こころもと》ない十四歳も、契約の方法を知った十五歳も、真幌への劣情を覚えた十六歳も。

記憶の風景はそこで途絶えた。

ノイズを押し分ける真幌は、自身への怒りに駆られた。

――佗ちゃん、ごめんっ、許して……。

『真幌のこと、必ず迎えにくる』

短く告げて姿を消した佗助のことを、いつ再会できるんだと、ときに苛立ちながら待っていた。あてもなく待つことのつらさも知らないで――その苛立ちを、再会した翌日の佗助に思いきりぶつけた。

でも違う。待たせていたのは真幌のほうだった。

佗助を七年近くも独りぼっちにして。悔やんでも悔やみきれない。

あとで根こそぎ消してやると決め、分厚いノイズの壁を押し開く。

そこに、黒と白の髪が交ざった少年が膝を抱えて座っていた。

――佗ちゃん！

幼い佗助が顔を上げる。真幌の姿をとらえた金色の瞳がみるみる潤んでいく。

真幌は泣いてはいけない。奥歯を噛み締めて堪え、笑顔を向けて叫んだ。

――僕と手をつないで！　一緒に帰ろう！

小さな手が伸びてくる。あと少しなのに、届かない。佗助は闇に押し戻され、真幌はノイズに阻まれた。

絶対に諦めない。真幌はノイズをがむしゃらに掻き分ける。指先が触れた瞬間に手繰《たぐ》り寄せて手をつなぐ。力の限り引っ張り上げ、佗助を掻き抱いた――。


はぁっ…、はぁっ…。

ふたりの荒い息づかいがボンディングルームの広いリビングに響く。

精神世界の中で幼い佗助の手を取り、抱きあげることができた。ゾーン落ちから抜け出せたと信じて裸の背を摩る。

異様に膨らんだ筋肉や手の黒い鉤爪は消え、背丈も戻っていた。密着している長躯の重さは、感じた憶えのあるものだった。

「……佗ちゃん」

呼びかけに応じて、青みを帯びた銀色のまつげが揺れ、まぶたがゆっくりと開く。

「まほ、ろ……」

そこに、インペリアルトパーズよりも美しい金色の瞳があった。

「佗ちゃん、ごめんっ。待たせて、ごめんねっ」

「なんでまほろが謝るの。連れ戻してくれて、ありがと……」

「ゾーン落ち苦しかったね。野生化も、つらかったよね」

「平気。まほろがそばにいてくれる、から……」

しかし顎先から汗の雫がしたたり落ちた。苦しそうに肩で大きく息をする。

真幌はまだ安堵できなかった。大切な佗助を苛みつづけてきたノイズを、残らず消すと決めたばかりだ。汗に濡れた頬を両手で挟んで、唇を近づける。しかし佗助は躍起になって首を横に振り、拒んだ。

「どうして？」

「おれはっ……、ノイズを消してほしいんじゃない」

頬に触れている手を、大きな手が包み込んでくる。

「センチネルもガイドも関係ない。真幌が欲しいだけ」

「うん……。うん」

「関係ないけど、でも、真幌はガイドだから、契約しないとほかのセンチネルに触られる。そんなの耐えられない。頭がおかしくなる。まほろ、早く……早く契約しないと。でもケアはしてほしくない。わかって」

「わかってる、大丈夫、よくわかってるよ。だって僕も佗ちゃんと同じ気持ちだから」

早くノイズを消し去って佗助を楽にしたい。そしてそれと同じくらい、心から望んでやまないことがある。

「センチネルとガイドじゃなくて、……もう、幼馴染みでもなくて、恋人として抱き合いたいね」

大好きな金色の瞳を見つめて伝える。普段あまり表情を変えない佗助が、今だけは眉をきつくひそめ、泣きそうな顔をした。

「ノイズはどうでもいい、ケアもいらない。真幌、おれだけのものになって」

「うん。佗ちゃんだけのものになる」

泣き笑いの顔で「でもノイズは消すね。絶対に消すっ」と宣言すると、佗助は困ったように笑った。

「真幌に、勝てない」

笑みの形の唇を重ねる。触れるだけのキスはすぐ深いものになった。入ってきた舌に舌を絡ませて、こすり合う。佗助は顔の角度を変え、唇をねっとりと舐める。真幌はその口の中へ、唾液を含ませた舌を差し入れた。

「真、幌っ……」

佗助が首許に顔を埋め、身体をぶるっと震わせる。痛いほどに抱きすくめてくる腕や、首にぶつかる吐息から、長いあいだ待ちつづけた甘く苦しい切なさが伝わってきて、真幌も長躯を力いっぱい抱きしめた。

「ん……っ」

佗助は鎖骨や胸に唇を落とす。突起を吸われ、舌先でこりこりといじられて、淫らな痺れが身体じゅうに広がっていく。

臍に口づけられるころには茎が硬く立ち上がっていた。大きく開脚させられる。佗助は指で下生えをあやし、ちゅっ、ちゅっ、と屹立に何度もキスをした。唇だけで優しく愛されるのは心地よくて、もどかしくて、透明の蜜がとろりとあふれてくる。

視線を下げると、佗助が先端の小孔にできた蜜の粒を舌先で舐め取り、茎を口に含むところだった。

「ぁあ、佗ちゃ……、ぁ」

強く締めた唇でぬぷぬぷとしごかれる。肉厚の舌で転がされ、濡れた粘膜で揉み込まれて、たまらず腰を浮かせた。

性器を貪るように愛撫される恥ずかしさは拭えない。けれどそれ以上に、真幌のすべてで、佗助が抱えている孤独とノイズを消し去りたい想いがあった。

「あっ……ぁ、いく……、佗ちゃん。いく」

だから羞恥を堪えて、きちんと伝えた。きつく吸われ、真幌は腰を揺らしながら蜜を勢いよく放つ。美味そうにごくりと喉を鳴らすその感触に、また少量の白濁を漏らした。

体液を飲みほして屹立を解放した佗助は、切羽詰まった動きで上体を起こす。

いきり立つ自身の陰茎をつかみ、真幌の尻の割れ目に差し込んだ。

「真幌っ……、ハッ、まほろ、――っ！」

「あぁっ」

後孔に押し当てられた先端から、濃厚な精液がびゅるびゅると放たれる。熱さと量の多さに真幌は下肢を震わせた。

射精が不本意だったのか、佗助が首許に顔を伏せてくる。

「佗、ちゃん？」

「おれ、真幌に触ったら……、ぜんぜん、がまんできなく、て」

「……？　なにも我慢しなくていいよ」

伸びた銀髪を撫でて言うと、肩の筋肉が動く。佗助は器官の根元を指で縛めて、また達しそうになるのを耐えているようだった。

「真幌。好き。まほろだけ」

「僕も……、佗ちゃんが、好、き……。――あっ」

陰茎から離れた手が、真幌の後孔を撫でる。

初めて中に触れられたのは、今日の昼下がりだった。そのときは未知の圧迫感と異物感に汗が滲んで、佗助の肩に爪を立てるほどだったのに。

想いが通じ合うと、こんなにも変わるなんて。とろとろの精液にまみれた後孔は二本の指をすぐに呑み込んだ。骨ばった長い指がぬるぬると出入りする。そこには快感しかなくて、戸惑いを覚えた。

佗助は、フゥ、フゥ、と興奮の息をつき、赤い顔を覗き込んでくる。

「狭いのは同じだけど、さっきより、柔らかい。気持ちいい？」

「……う、ん。きもち、い」

「入れたい……まほろ、もう入りたい」

焦燥に駆られた声で乞われて、小さくうなずいた。

佗助は上体を起こして指を抜き、硬く張り出した先端を後孔にあてがう。

逞しい身体がビクッと震える。亀頭を嵌め込んだところでふたたび達した。長い射精をしながら腰を進め、奥へ入ってくる。

「――は、……っあ！　ぁあ……っ」

尻の中と外に撒かれた粘液のぬめりが、挿入をなめらかなものにする。

立てつづけに大量に射出しても陰茎は萎えず、それどころか真幌の中でひとまわり太く育つほどだった。

襞《ひだ》がなくなるまでに、孔がぴんと広がりきっているのがわかる。指とはまったく異なる太さと質量はさすがに苦しくて、身体が強張った。それを察した侘助は、後孔が馴染むまで待ち、火照った肌を撫でてくれる。

「真幌の中、気持ちいい。こんなに、気持ちよかったら……おれっ、どうにか、なって……」

切なげに眉をひそめ、ハァッ、ハァッと気を乱す。

局長と対等に話したり仕事ができたり、頼れる侘助は格好よくてどきどきするけれど、今の余裕のない様子も歳下らしくて可愛らしい。真幌は、ふっと微笑み、肌を撫でてくれている大きな手に自分の手を重ねて言った。

「動いても、大丈夫だよ。でも侘ちゃんの……大きい、から。ゆっくり……、ね」

「ん……」

真幌と指を絡ませ、もう片方の手で脇を抱いた侘助が、腰を前後に振り始める。ぐしゅっ、ぐしゅっ、と水音が立つ。

ゆっくり動いてと言ったのは、まちがいだっただろうか。孔のふちを捲られながら引き抜かれるたび、最奥まで突き入れられるたびに、「あーっ、あぁーっ……」と長い声をはしたなく漏らしてしまう。

濡れた粘膜がこすれ合い、絡み合う感触は、泣きそうになるほどいやらしい。でも、侘助と一緒だから嬉しい。真幌は素直に、快感に身を委ねていく。

覆い被さってきた侘助が、そっと口づけてくれる。真幌は間近で煌めく金色の瞳を見つめて

伝えた。

「約束、守ってくれて……、迎えに、きてくれて、ありがとう」

「まほろ、好き……だっ、おれの真幌っ」

「あっ、あっ……！」

抽挿が激しくなる。長く伸びた銀髪が肌の上で波打つ。

鍛え抜かれた下腹部を震わせて、侘助は三度目の射精を始めた。真幌の腹の中で生殖器がビクンッ、ビクンッと強く跳ねる。

ふたり一緒に脱力して、汗に濡れた肌をぴったり密着させた。

「真幌……。もう一回、したい」

「うん」

頬に唇に、首許に、柔らかなキスが落ちてくる。侘助の腰がふたたび力強く動きだす。

そうして心も身体も深く結び合ったふたりは摩天楼の夜に溶けていく。

真幌は、宵の色を纏う美しい銀髪に優しく指を絡ませて言った。

「明日、髪を切ろうね……」

7

深い眠りから浮上した真幌は、まぶたをゆっくり開く。

夜明け前の部屋は仄暗く、ひとつだけ灯されたブラケットライトが淡いオレンジ色の光をこぼしていた。

昨夜、『もう一回、したい』と言った佗助が何度果てたか、途中からわからなくなった。まどろみ始めた真幌の身体をタオルで拭き、ベッドルームへ移動してくれたことを憶えている。けれど、抱き合って眠ったはずの佗助がベッドにいなくて、上体を跳ね起こした。

「佗ちゃんっ……」

泣きそうな声で名を呼ぶと、佗助が大急ぎでベッドルームに戻ってくる。

「真幌、おはよ。どんな風呂か見に行ってた」

ベッドに座った裸体を抱き寄せて、長く伸びた銀髪に指を埋める。捕まえて消そうと思ったが、ノイズはどこにもない。

佗助の中は、凪《なぎ》の湖のように静かで澄み渡っていた。

「ずっと溜まってたノイズ、真幌が全部消してくれた。ありがとう」

「よかった……！　本当によかった、っ……」

「真幌の身体のほうが心配。おれ、めちゃくちゃしてしまったから。すごく気持ちよくて、嬉しくて、我慢できなかった。ごめん」

そう言われて急に恥ずかしくなる。気になるほどの痛みはないが、激しい律動を受け止めつづけた下肢は力が入らず、まだ体内の奥まで佗助のものが嵌まっているような感覚があった。

「だ……大丈夫」

「本当？　今日の夜、また真幌の中に入っていい？」

金色の瞳をきらきらさせ、真幌が一度も拒んだことのない『ぎゅってしていい？』と同じ調子で訊いてくるのは狡い。思わず「今日は、だめ」と本心ではない言葉を口走ってしまった。

わかりやすくしょんぼりする佗助に、焦って訊ねる。

「狗さんはっ？」

指さされたほうを見ると、兎が山狗の顔にべったりくっついて眠っていた。息苦しくないだろうかと思ったが、銀色の大きな体躯は、心地よさそうにゆるやかに上下している。

「真幌。見て」

佗助が左手の薬指だけを優しく握ってくる。そこに視線を落とした真幌は、「あっ」と笑顔になった。

「模様が……」

センチネルとガイドの契約成立の刻印が、浮かび上がっていた。

指輪みたいな幅の細いものを想像していたけれど、違う。薬指の先から根元まで、美しい曲線の蔓草《つるくさ》模様で埋め尽くされていた。

「不思議だね。とても綺麗で」

「うん。綺麗。――真幌、好き。ずっと、おれだけのもの」

佗助が薬指に口づけてくる。彼だけのものとなった証が柔らかな熱を帯び、とくとくと小さく脈打ち始めた。

心も身体も深く結ばれ、唯一無二の〝つがい〟になったと感じられる。

佗助と真幌は互いに唇を寄せ合い、キスをした。

「風呂に湯を溜めた。一緒に入ろ」

耳許でささやかれた聞いたこともない甘い声に、いよいよ足腰が立たなくなってしまった。

横抱きでバスルームへ連れて行ってもらう。佗助が真幌を抱いたままバスタブに入ると、贅沢にも大量の湯があふれていった。

逞しい脚のあいだにおさまり、佗助の胸に背をもたせかけて座る。温めの心地いい湯の中で、緊張しっ放しだった心身がゆるんでいく。真幌は、そっと振り返って佗助を見た。

湯を弾く、太い腕と厚い胸板。端整な顔には、幼馴染みではなく恋人の表情が浮かぶ。胸がどきどきと高鳴る。銀色のまつげも伸びた髪の先も、一様に青みを帯びていた。

「長い髪、似合うね……格好いい」

相変わらず真幌以外には無頓着で、自身の容姿にも興味がない佗助は「そうかな」と、顔の水滴を片手で拭った。

「でも、……切る！　佗ちゃんの髪を綺麗にカットするために美容師になったから」

「真幌に切ってもらえるの嬉しい。ありがとう」

うしろから強く抱きしめてくる。うなじや背に繰り返し口づけられ、模様が浮かぶ薬指にもまたキスをされて、温めの湯なのにたちまちのぼせそうになった。

バスルームを出ると、佗助は「飯を取ってくる」と言い、止めるのも聞かずにバスローブ姿で食堂へ行ってしまった。

広すぎるリビングにぽつんと残された真幌は、倒れたローテーブルやオットマンをもとに戻し、散乱しているタオルやバンケットスタッフのユニホームを一か所にまとめる。

センチネルたちの様子を確認するために、ソファに腰かけてまぶたを閉じた。

椎名と川久保はケアで済んだようだった。白慈と一色はゾーン落ちを抜け出し、耳孔や目の治療も終えて、五感が安定した状態で眠っているのが感じ取れる。

昨日の大嵐みたいな一日が幻のように、今はとても穏やかだった。

兎を背に乗せた山狗がソファに上がって、すり…、と額を擦りつけてくる。獣毛に触れて感じた安堵に、涙が滲む。真幌はもふもふの大きな身体に顔を埋め、ぐすっと鼻を鳴らして言った。

「狗さんも、ノイズずっとつらくてゾーン落ち怖かったよね。強く引っ張ってしまってごめんね。元気になってくれてありがとう。本当によかった」

　すると、佗助よりもさらに無口な山狗が、長い尾をぶんぶん振り、「まほろ。すき」と初めて言葉を伝えてくれた。

「僕もっ、僕も狗さんが大好きだよー！」

　たまらなく嬉しくなってぎゅうぎゅう抱きしめる。耳をピーンと立てた兎が、糸のように細くした目を吊り上げて「もーっ！　いぬさん！」とやきもちを焼く。その様子も愛しくて、真幌は山狗と兎を抱き、皆でぴったりくっつき合った。

　佗助を待っているあいだに十六階へ行きたいが、服がない。少し考えて、コンシェルジュに相談しようと内線をかけた。

「十六階の美容室を開けてもらうことはできますか？　シザーやコームを借りたくて。総務室へ頼みに行ったほうがいいでしょうか……」

『わたくしが借りてきます！　小泉さんはお部屋で休んでいてくださいっ』

　物凄い勢いで返事をされて驚いた。興奮ぎみのコンシェルジュの話によれば、９クラスのセンチネルが三人同時にゾーン落ちした前例がなく、タワーは激しい衝撃や揺れに見舞われ、深夜まで騒然としていたという。

『ガイドの皆さんの力でセンチネルを喪わずに済みました。小泉君たちが望むものはすべて用意するように——と、美馬局長より指示がありました。ですから、どうぞなんでもおっしゃってください』

「そうだったんですね……。じゃあ今だけ、お言葉に甘えて……」

シザーとコームとカットクロス、新聞とゴミ袋に加え、サイズの異なるふたり分のTシャツとジャージ、下着と靴下まで頼んでしまった。こころよく『かしこまりました。ご用意しますね』と言ってくれたコンシェルジュに礼を伝え、内線を切る。

気配がしてボンディングルームのドアを開けると、佗助が小型のワゴンを押しながら戻ってきた。

「食堂がワゴン貸してくれた」

「え。佗ちゃん、これ全部食べるの？　食べられる？」

「いつもこれくらい食う」

「うそでしょ……」

ふたりでラウンドテーブルに並べたのは、ローストビーフ丼、三尾の生エビが器からはみ出た海鮮丼、担々麺。これらはすべて大盛りで、焼き魚と納豆、卯の花のサラダまである。

真幌には、すだちの輪切りが浮いた温かいうどんを、そして兎にもロメインレタスを取ってきてくれた。大盛りの料理が薄い唇にどんどん吸い込まれていく様子は、見ていて爽快になるほどだった。

朝食を終えて、コンシェルジュから受け取った服に着替える。新聞を広げ、椅子に座った佗助にカットクロスをつけた。

真幌は、逞しい両肩に手を乗せて言う。

「じゃあ……カットするね」

佗助が、うん、と深くうなずいた。

銀の髪を掬うと、仄かに青く煌めく。切望してやまなかった時が訪れた。真幌は高鳴る胸をそのままに、シザーを手に取った。

腰まで伸びた髪を大きく切り落とし、そのあと細かなカットを施していく。

「真幌、すごい。美容師だ」

「あははっ。そうでしょ、すごいでしょ。もっと褒めていいんだよ、この瞬間のために頑張ってきたんだから」

「美容師、格好いい」

金の瞳をきらきら輝かせる佗助へ、鏡越しに満面の笑みを向けた。

真幌は想いを籠めて、丁寧に鋏を入れる。

十三歳と十五歳で離れ離れになってしまったのは本当に寂しくて悲しかった。でも、大丈夫だった。約七年のあいだ、佗助と真幌は互いを強く想い合っていた。

再会は想像してきたものとまるで違っていて、混乱や恐怖もあったけれど、今は、この瞬間に至るまでの不思議に満ちたプロセスさえ愛しい。

佗助も、山狗と兎も、シャキシャキ動くシザーを、じぃっ…と夢中で見つめている。幸せな空間に、頬がゆるんでばかりになる。

時間をかけて髪を切り整えた真幌は、シザーとコームをトレーに置き、カットクロスを外した。

「やっぱり佗ちゃんは短いのがよく似合う」

「ん」

すっきりした襟足をさりさりと撫でた佗助は、礼を言いかけて、真幌の瞳がわずかな涙を纏っていることに気づいた。椅子から勢いよく立ち上がり、強く抱きしめてくる。

真幌は広い背に腕をまわしてTシャツをぎゅっと握り、勇気を出して言った。

「僕、――〝Biotope〟を退職する」

「ごめん。……真幌、ごめんっ。タワーに連れてきたおれが、真幌から美容師の仕事を奪ってしまった。真幌にしかできない大切な仕事なのに」

「それは違うよ。研修が終わったら佗ちゃんに相談しようと思ってて……でも心はもう決まってた。昨日ね、パーティー会場で仕事してるとき、佗ちゃんとバディを組めたらいいなって、思った。〝Biotope〟には戻れないんじゃなくて、戻らないって自分で決めたんだ」

佗助は後悔の念が拭いきれないのか、うなずきながらも腕に一層力を込める。

「退職届を書かないと。ワードローブ室でスーツ借りれるかな」

言葉にして伝えられたことで現実味が湧いた。抱擁を解いた佗助は、真幌の目許の雫を優しく拭う。

「真幌。聞いてほしい。おれは」

綺麗な金色の瞳を見上げて、うんうんとうなずく。

しかし、言葉を紡ぎかけていた唇が閉じられてしまった。眉間に皺が刻まれる。

「どうしたの？」

「――美馬が呼んでる。そろそろ来てくれると有り難いです、って」

「えーっ！　佗ちゃんの話、聞きたい」

「おれの話は、大丈夫、急がない。先に美馬のところへ行く」

「……うん、わかった。あとでゆっくり、いっぱい聞かせてね。約束」

伴獣を連れてボンディングルーム一号室を出て、エレベーターに乗る。

佗助が局長室のドアを開けた途端、あの軽薄な声が室内に響き渡った。

「斑目くんっ、小泉くん、契約成立おめでとう！　六年？　七年だった？　いやぁー、斑目くん、切願成就だねえ！」

那雲は、一瞬で無表情になった佗助の背をバンバン叩き、「身体、大丈夫？　診察しなきゃね」とべらべら喋る。黙らせてほしいが、美馬は微笑むばかりで止めてくれない。興奮している那雲は早口でつづけた。

「小泉くんは７Ｂで確定したよ。それよりも聞いてっ、驚異の数字が出たんだ！　斑目くんと小泉くんの適合率は九十六パーセント！　世界を見ても、９Ａセンチネルを相手にここまでの数字を叩き出すガイドはいないっ。小泉くんの身体どうなってるんだろ？　研究したいなぁ」

「真幌に触った瞬間、両腕が千切れてなくなると思え」

「ひどい！　よくそんな怖いこと淡々と言えるね⁉」

「佗助、いいですよ、物騒で」

真幌は思いきり引いてしまった。ずっとにこにこ笑っている美馬局長は、佗助に甘いらしい。

「そんな睨まないでよぉ。大丈夫！　研究するときはふたり一緒だからねっ」

陽気におどけるメディカル室主幹の「研究」という言葉に、寒気を覚えるのは真幌だけだろうか。那雲は白衣のポケットからプラスチックケースを取り出した。

「さぁー、【７Ｂ】を施術して保全印を完成させるよ。スタンプみたいにポンッて押すだけだから。痛みもないよ。小泉くん、那雲センセにうなじ見せてくれる？」

「おれがやる」

「だぁめ、医療行為だからね。ほんと一瞬だから。——わぁっ、美馬くん、なんとかして！」

「はいはい……」

億劫そうに立ち上がった美馬は、ガウッと吠える佗助の巨躯を軽々と羽交い締めにした。細身のどこにそのような力があるのだろう。

タトゥーを施されるのが嫌で、真幌は佗助にぎゅっとしがみつき、胸板に顔を埋める。Tシャツのネック部分を下げられる感触があった。

「はいっ、終わり！」

「え？　終わりですか？」

「うん、痛くなかったでしょ？　刻印を撮らせてね。——わぉ、こんな指先から模様がびっしり入ってるのは初めて見るよ。〝おれのもの〟っていう所有の主張がすごいね。斑目くんは小泉くんがいなくなったら即死だ」

「……そ、即死っ？　なんですかそれっ」

「契約はね、能力と適合率によってそれぞれ異なるんだよ。たとえば契約した〝つがい〟がなんらかの理由で消えても、適合率が低ければ、センチネルはほかのガイドと新しく契約できるんだ。ただ斑目くんは9Aセンチネルで〝つがい〟との適合率が九十六パーセントだから、小泉くんがいなくなったら精神崩壊して即死する」

「そんな……！」

「ぜんぜん大丈夫、不安になることじゃないよ、この先、離れ離れになるなんてあり得ないでしょ？　だったら小泉くんが斑目くんより長生きすればいいだけの話。それにしても本当に完璧な模様だなぁ、すばらしい。精査しないと。明日、何時でもいいからメディカル室に来て。スキャンしたりレントゲン撮ったりさせてね」

不安がらせたいのか安心させたいのか、よくわからないことを喋り、那雲はスマートフォンで真幌の左手を撮影した。そうしてまだ牙を剥いている佗助から逃げるようにバタバタと局長室を出て行く。

ゆるく束ねた、癖のある栗色の髪が揺れる。その後ろ姿を見ながら、ふと疑問に思った。

那雲先生の伴獣って、なんだろう――。

「どうぞソファへ」

促された真幌は、那雲に関する疑問を忘れた。兎を抱いて、バイカラーのソファに佗助と並んで座り、脚のあいだに入ってきた山狗を撫でる。美馬は執務デスクに置いている革製のトレーを持ち、向かいのソファに座った。

ローテーブルにトレーを置く。そこには真幌のスマートフォンがあった。

すぐに佗助が取って手渡してくれる。

「昨夜の、深刻な野生化とゾーン落ち……あの状態では助かりません。小泉君の佗助を思う強い精神力と、適切なガイディングがあったからこそ、佗助は後遺症もなく、完全な回復が叶ったのです。本当にありがとうございます」

「いえ、僕は……適切なガイディングは、できませんでした。すごく混乱してしまって。佗助くんを連れ戻せたのは、偶然と奇跡が重なってくれただけで……」

「そんなことない。真幌はおれの手を引っ張ってくれた」

「では是非、如何《いか》なる状況でも冷静に確実に佗助をガイディングできるよう、訓練を重ねてください。携帯電話はお返しします。ただし、ご家族との接触は六か月後とさせてください」

「半年は長い」

「佗ちゃん、大丈夫だよ、もともと年末に山形へ行くつもりだったから。ありがとう」

山形県に住む両親のところへ一緒に行ってほしい――それは、あとでふたりきりになったときに伝える。

美馬は「昨夜の出来事について、少しだけ」と、脚を組んだ。

「非常に大きなニュースとなっていますので基本情報は各自で確認してください。ＰＣＢが押さえた五名の男女はいずれも、パーティーに参加していた会社経営者たちに解雇された過去がありました。共通点を持った五名はＳＮＳで知り合い、犯行計画を立てたようです。三名の会社経営者が重体となりましたが、都議会議員・朝比奈峰子と根岸翔太を含むすべてのパーティー客は無傷で避難できました」

「一色さんと、白慈くんは……」

「左近は明朝より活動を再開します。白慈は気が済むまでボンディングルームで休ませます。

佗助は今日からでも働けそうですね。緊急事案が発生した場合、招集しても？」

「働ける」

「美馬局長、白慈くんと話せますか？　やめておいたほうがいいでしょうか」

「かまいませんよ。ただし部屋に入るのは小泉君だけにしてください。佗助は別のフロアで待つように。白慈は今、非常に気が立っています。佗助を接触させればタワーの高層階部分が丸ごと吹き飛んでしまいますから」

とんでもないことをさらっと言い、美馬はにこにこ微笑む。

そして表情をあらためた。

「さて。小泉君は研修を修了し、ＰＣＢの初仕事も終えました。携帯電話は返却済み、ご家族の件も確認済みです。残っているのは、勤務先への訪問ですね。どうされますか」

「……退職届を、持って訪問します」

美馬は「わかりました」と小さくうなずく。

「事前連絡なく退職届を提出するのは大変失礼ですから、担当の弁護士に電話させます。十時に退職届を持って訪問する旨、伝えさせますので、間に合うよう準備して向かってください。用紙や封筒など、必要な物品については総務室に相談するといいでしょう」

「はい。よろしくお願いします」

ソファから立ち上がった佗助がドアへ向かう。真幌は美馬に軽く頭を下げ、あとを追った。

「佗助」

透き通った声が名を呼ぶ。

佗助は振り返り、真幌も倣う。

肩に八咫烏を止まらせて、美馬局長は冷艶に佇んでいた。

「ＰＣＢ東京に、より一層の貢献を。唯一無二の〝つがい〟を得た貴方に期待しています」

佗助は美馬をまっすぐ見据えて返事をした。

「わかった」

局長室を出てエレベーターの到着を待つ。急に佗助がくっついてきて、大きな背を丸め、ぼそっとつぶやいた。

「オロチのところに行かないでほしい」

「うん……佗ちゃんの気持ち、よくわかるよ。でもやっぱり、ひとこと謝っておきたくて。ワードローブ室で待ってて。佗ちゃんも制服に着替えないとね。僕もすぐ行くから」

佗助は黙り込んでしまった。丸くなった背をぽんぽんと叩く。

「じゃあ僕の代わりにウサさんを抱っこしておくのはどう？」

真幌が言うと、兎は「わびちゃん、げんきだして！」と跳ねて、佗助の片腕にスポッとおさまってくれた。そして今度は山狗が「むっ……」とやきもちを焼いていた。

ひとりで四十三階へ戻り、ボンディングルーム四号室のドアを開く。広いリビングを通ってベッドルームをそっと覗いた。

「真幌です。入るよ……」

「狗臭え！」

「絶対そう言うと思ったから、取ってきた！」

渦巻き状の大きなロリポップキャンディを高々と掲げながらベッドに近づく。気だるげに上体を起こした白慈は全裸だった。なぜ股間を隠そうとしないのか。真幌は焦ってバスローブをかける。丸型のオットマンをベッド脇に寄せて、そこに座った。

「飴だけじゃ無理だ、煙草よこせ」

「煙草は、ないっ。白慈くん未成年だろ」

「なんで取ってこねえんだよ、煙草って呼んでるだけでニコチンもタールも入ってねえセンチネル用だろうが」

文句を無視して、ロリポップキャンディのフィルムを剥がしていると、真幌の左手を見た白慈が「おーおー、ド派手にマーキングされやがって」とからかってくる。

渦巻き状のキャンディを咥え、にやにや笑って言った。

「これで俺が真幌の〝最初で最後の男〟になったってわけだ」

「その言いかた……」

真幌はすぐに姿勢を正す。

「……本当に、ごめんなさい。白慈くんと僕はバディだったのに」

「悪くねえのに謝る奴、多いよな。嫌いだ」

ばっさり切り捨てられ、思わず「う……、ごめん」とまた謝りかけて、慌てて声を呑み込む。

「美馬サンの撤退命令は〝各々〟だった。動ける奴はとっとと逃げろって意味だ。昨夜の山狗の判断に問題はない」

「佗ちゃんも野生化して、物凄く危険な状態だったけど……それでも、白慈くんと一色さんを連れて逃げられたって、今も思ってる」

「動けない異能者は放置して脱出、それがPCBの撤退方法だ。真幌はこの先も知るきっかけがないと思うから教えといてやる」

白慈は、ロリポップキャンディをバリッと噛み砕く。

「約百五十年前、この組織がPCBになる前から、センチネルは〝使い捨ての人間兵器〟って呼ばれてきた。異能者の存在を把握してる内閣のじじいどもは、世界大戦にセンチネルを兵器として投入した。時代が変わって平和ボケしても関係ない。センチネルの扱いはこの先も変わらない。今も政治家のおっさんたちは俺たちのことを〝人間兵器〟って呼んでるぜ？　監視して、びびりながら利用してる」

「そん、な……」

「戦場で武器が壊れたとする。大事に持って帰って修理するか？　その場に捨てて、すぐ新しい武器に持ち替えるだろ。山狗が死んでも俺はなんとも思わねえし、俺が死んでも山狗は我関せずだ。俺と山狗が同時に死んだって問題ない、美馬サンは新しく覚醒した兵器をＰＣＢ東京へ連れてくる」

「………」

「センチネルのひとりやふたり消えたくらいでいちいち感傷的になってたんじゃあ身が持たねえぜ、真幌」

「センチネルは兵器なんかじゃないっ」

苛立った真幌は、白慈の声を消すように被せて言った。

「本当に兵器と思ってるなら、美馬局長は現場に向かったりしないはずだ。ゾーン落ちの危険と背中合わせで仕事をする、センチネルたちの覚悟に触れられたと思う。だから僕も全力でケアとガイディングする。政治家がどう思ってるかなんて知らない。白慈くんたちセンチネルが自分の命を軽んじるのは絶対まちがってる。白慈くんが死ぬとか佗ちゃんが死ぬとか、簡単に言わないで、腹が立つ」

白慈の、レッドベリルみたいな美しい瞳が大きく見開かれていく。

自身でも驚くほどの強い口調に、「ごめん」と手で口を覆った。

「悪くねえのに謝る奴――」

「そうだよ、悪くない、今の『ごめん』は取り消すっ」

むきになる真幌の身体を、白蛇がするすると登り、肩に巻きついてくる。彼も昨夜、ゾーン落ちしてしまった。元気になってくれたのが嬉しくて、顎の下を指先で優しく撫でた。

白慈は唇の片方を上げ、ふっと笑う。

「真幌とのバディ、悪くなかったぜ。最初はぐだぐだで、どうなるかと思ったが」

「僕も、白慈くんと組めてよかった。叱ってくれてありがとう」

「――で？　おまえはなにを腹ん中に溜め込んでんだ？　ほかのセンチネルの所有物になったガイドに用はない。しゃべることもなくなるからな、俺の聞く気があるうちに話しとけよ。どうせ山狗と紅丸がらみだろ」

「うぅっ。なんでわかるの……。頭の中まで透視しないでよ」

「頭ん中まで透視できるか。能力を使わなくても真幌の考えてることなんか透けて見えるぜ」

器用にも白慈は優しくすると同時に貶《けな》してくる。ロリポップキャンディを食べ終えて、立てた二本の指をくいくいと動かしながら催促する。

「俺にタダで山狗の話をさせる気じゃねえよな？　ポケットに入れてるもん出せ」

「もーっ、今のは視ただろ」

真幌はジャージのポケットから、念のためもらっておいた制御アクセサリの煙草を取り出した。ローテーブルに置いている灰皿とライターをしぶしぶ持ってくる。白慈が咥えた煙草に火をつけながら言った。

「白慈くんが話してくれた通り、佗ちゃんは誰ともバディを組んだことがなくて、〝本来のケア〟も一度も受けてなかった。――でも、紅丸さんが佗ちゃんのことを『無口だけどいやらしい』って言ってて。ど……どういうことなのかな、って。佗ちゃんに訊いても、わからないと思うし。辻褄が合わないのだけ、気になってる……」

白慈は大量の煙をぶわーっと吐き、「ハァー。めんどくせえ奴ら」とつぶやいた。

「前に紅丸が言ってた。山狗の奴、いつゾーン落ちしてもおかしくないいくらいのノイズを抱えてんのに、ケアしてやるって何回言っても断りやがる。無口でなに考えてるかさっぱりわからねえし、興味もあったから、ガイドの読心力を使って奴の思考をちょこっと読み取ってみたらしい。そしたら」

真幌は「そしたら……なに？」と訊き直し、ごくりと固唾を呑む。

白慈は赤い瞳を半開きにした。

「そしたら、『まほろっ、まほろっ！』って名前を連呼しながら、若い男とヤリまくってる妄想で頭ん中いっぱいだったんだと。紅丸でも引くぐらい、だいぶハードだったらしい」

「うわーっ！　もうやめてー！」

真幌はボフンッとベッドに突っ伏した。白慈の「言えっつったのおまえだろうがよ」というあきれ声が後頭部にぶつかってくる。

「なんも矛盾してない。紅丸は事実を言っただけじゃねえ？」

その通りだ。真幌が勝手に思い込んで勝手に混乱しただけだった。『きみがウワサの〝まほろ〟くん』――謎だった紅丸の第一声をようやく理解した。

「むっつりドスケベ、早漏で絶倫。おまえ、山狗のどこがいいんだ？　巨根なとこか？」

「……それはさすがに、佗ちゃんにも僕にも失礼だと思う。――紅丸さん、なんで意地悪な言いかたしたんだろう……どうしても勘違いしちゃうよ」

「肩持つわけじゃねえが、紅丸はプロフェッショナルのガイドだ。男のセンチネルにはケツ使うし、女のセンチネルにはちんこ使う。あいつに命を救われたセンチネルは世界中にいる。おまえ、身体を使ってケアやガイディングすることを一瞬でも蔑まなかったか？　嫌悪を顔や態度に出さなかったか？」

「……出した。しかも思いっきり出してしまった」

「それだ。紅丸、すげぇ高いプライド持って仕事してるからな。ケアなんかできないとか、裸で抱き合うなんてとか、嫌がってばっかの新人ガイドに意地悪言いたくなっただけだろ。あいつの悪い癖だが、許してやれよ」

ひどい気分屋で、気性が荒くて口も悪いけれど、やはり白慈は情に厚く、ガイドたちを大切にしてくれる。

真幌はのっそり顔を上げ、額を摩って言った。

「許すもなにも、悪いのは僕じゃないか……。紅丸さんに謝りたい。どこにいるんだろ」

「早朝の便で日本を発ったみたいだぜ。次に会ってもいちいち謝んなよ。紅丸はとっくに忘れてる。昨夜のパーティーでも普通だっただろ?」

「なんで白慈くんと紅丸さんは契約してないの……」

「はぁ〜?　おまえはまた意味のわからねえことを。あいつとは腐れ縁みたいなもんだ。俺、十四歳のときゾーン落ちして、こりゃ死んだなって思ったんだけど、たまたま近くに紅丸がいてガイディングしてくれただけ。——おら、気が済んだなら、つがいのところへ戻れよ。仕事で絡まねえならもう会うこともない。短い付き合いだったな」

「そんな寂しい言いかたしないでよっ」

オットマンから勢いよく立ち上がると、白蛇は真幌の身体をするする伝ってベッドへ戻っていった。

短くなった煙草を咥える白慈の、色斑のある髪を一束掬う。

「ねえ、今度カラーリング挑戦させて。真っ黒にはできないかもしれないけど……。白慈くん、アッシュ系のグラデーション絶対に似合うから」

「俺の髪をいじるのなんか山狗が許さねえだろ」

「う……、説得する。カラーリング、約束ね」

「ま、説得、頑張って」

灰皿で煙草を揉み消した白慈はだらりと身を横たえる。

その様子を見て、やや頭が混乱した。

「あ？　まだなんか用あんの？」

紅丸との行為や彼自身の話から、真幌は白慈のことを抱く側だと思っていた。しかし今の彼の裸体には、誰かに抱かれた痕跡が残っている。

――これは、いったい、どういうことなの白慈くん……。

もしかして、お相手はアムールトラさんですか――などとは、訊けるはずがない。

「ゆっくり休んでっ。またね！」

ふたたび思考を見透かされる前に、早口で伝えてボンディングルームを出た。


走ってワードローブ室へ向かう。

ミシンの稼働音が響く広い室内を進むと、じっと座る山狗と、わらわら楽しそうに動く小さな伴獣たちが見えた。兎やリス、文鳥やトカゲが、山狗のふさふさの獣毛でかくれんぼをしたり、大きな身体を登って滑ったりしている。

　真幌に気づいたスタッフが教えてくれた。

「斑目さん、制服に着替えたあとしばらくこの椅子に座ってたんだけど、急に獣身化しちゃって。人の姿で私たちの中にいるのが落ち着かなくなったみたい。でも、今もチビたちに囲まれて固まってるよね？」

「ははっ、そうだったんですね」

　金色の瞳が「真幌、助けて」と訴えてきているけれど、微笑ましい風景をにこにこ眺めるだけになった。長いあいだ独りだった佗助が、大きな一歩を踏み出したことが嬉しい。

「真幌くーん。ワンちゃんもウサギちゃんも、いい仔にしてたよー」

「ラッシュ、あんた、斑目さんのことワンちゃんって。ごっちゃになってるじゃない」

「あははっ……」

　ラッシュが用意してくれた黒いスーツを着て濃紺のネクタイを結び、革靴を履く。

　獣身化を解いた佗助はベージュのマウンテンパーカーを着ていた。ラッシュたちに手を振ってワードローブ室をあとにする。

　総務室の受付カウンターで笹山に相談していると、若い男性スタッフが「わ、斑目さんだ。大きいなぁ」と近づいてきた。

「斑目さんは、ご用はありませんか？」

「せっかく総務室に来てくれたんですから、なにかご希望のものを……小説とか図鑑とか、興味ありませんか？　世界の犬図鑑はどうでしょう」

「ない」

「犬は、いい」

断って終わってしまうのは寂しいな――様子を見守る真幌はそう思ったが、佗助はゆっくりまばたきをして考え、「……宝石は」とつぶやいた。

「宝石図鑑もたくさんありますよ！　じゃあ二冊ほど取り寄せますね」

「なんて名前」

「ぼくですか？　ぼくは滝田藤太郎です」

「ふじたろ……」

藤太郎の名を口にする佗助の隣で、山狗が長い尾をふぁさふぁさと揺らしていた。

総務室の中にある静かなミーティングルームを借り、退職届を書く。

佗助と真幌、兎を乗せた山狗は、タワーを出た。

間もなく四月が訪れる。東京の街並みを、行き交う人々のあいだを、春の風が吹き抜けていく。

佗助が「電車に乗るの、八年ぶりくらい」とつぶやいて、ふたりで一緒に驚いた。手をつなぎ、振動や騒音から守る。

最寄り駅から歩いて、〝Biotope〟のロゴを掲げた外壁が見えた場所で佗助は足を止めた。

「おれたちはここで待ってる。ゆっくり話をしてきて」

「うん。行ってきます」

待ってくれていたのだろう、オーナーはガラス張りのドア越しに真幌を見つけ、店舗の外に飛び出してきた。

真幌は最初に無断欠勤と突然の休職を深謝し、退職届を両手で渡す。

「山形の御両親のところへ行くの？　あっちのほうがゆっくり療養できそうだね」

「いえ……。ここで……、――東京で、暮らしていきます」

「そうか。無理をしてはだめだけど、美容の技術も忘れてほしくないっていうのは、勝手な話だね。また美容の仕事に携わりたいと思ったら、いつでも連絡を……相談に乗るからね」

オーナーの心からの言葉に、涙があふれてくる。真幌は深々と頭を下げた。

「本当に、お世話になりました。ありがとうございます。教えていただいたことを忘れずに、これからも美容技術を勉強します」

〝Biotope〟をあとにして、角を曲がる。

そこで待っていてくれた佗助を見た途端、涙が止まらなくなった。

どんっ、と音が鳴るくらい強く縋りついてしまっても、逞しい長躯は揺らがない。震える身体を力いっぱい抱きしめてくれる。

「真幌」

「大丈夫。オーナーに挨拶できてよかった。侘ちゃんが美馬局長に掛け合ってくれたからだよ。ありがとう」

「美容師の仕事を辞めたこと、真幌が後悔しないように、おれ頑張るから」

その言葉ひとつで、後悔する日は絶対に来ないと信じられた。

侘助は、次々とあふれる涙を丁寧に拭ってくれる。優しい指の感触を追いながら、「一緒に頑張ろうね」と微笑んだ。

手をつないで自宅へ向かう。少し距離があるけれど、気持ちを落ち着かせるにはちょうどいい。兎を頭に乗せた山狗がトットッと軽やかに先を歩く。

「ねぇ……ＰＣＢって休暇申請できる？　急な仕事が多いから難しいかな。侘ちゃんと一緒に山形の実家へ帰って、父さん母さんを喜ばせたい」

「美馬に交渉する。たぶん、年末までめちゃくちゃ働かされる。仕事して、休みを取る。それで……ちゃんと、おじさんに挨拶、する」

珍しく緊張の面持ちになって、コホ、と小さな咳払いをした侘助は、父親に「息子さんをもらいました」と挨拶するつもりらしい。律儀さが愛しくて、真幌は頬をゆるませる。

「父さん、自分は自由人のくせして、変なとこで頭カタくてさ。侘ちゃんに会ったら『なんという髪の色だ、カラーコンタクトを外しなさい』とか言うんだよ、きっと。母さんはいつもの調子で『イカしてんじゃーん！』とか、変な言いかたすると思う」

「イカして……？　おれ、どうしたらいい？」

「どうもしなくていいよ、次の瞬間には話が変わるもん。『佗助くんは酒を飲める歳になったか？』って訊いてくるよ、絶対」

「山形の実家へ行くころには飲めるようになってる」

「あと二か月で二十歳だね。僕はお酒が飲めないから、父さん喜ぶよ。佗ちゃん、ザルっぽいなぁ。……あっ、でも味覚が暴走してしまう、だめかぁ」

「大丈夫。先に真幌の唾液と精液いっぱい飲んだら、タワーの外でも飲み食いできる」

墓穴を掘ってしまった真幌は顔を熱くしながら「よ、よかった」とつぶやいた。

懐かしい、古ぼけた外観が見えてくる。低い塀の前に立つ。

真幌の自宅は、空き部屋となっていた。強盗犯に割られたガラス戸も、白慈に蹴破られたドアも、綺麗に修復され、あの夜を思い起こさせるものはなにも残っていなかった。

「ＰＣＢがしたんだね……」

「うん。真幌の持ち物は、タワーの外にあるおれの家に移動した。一緒に暮らそ」

「そうなの……！　嬉しいっ。でも佗ちゃんが藤太郎くんやラッシュちゃんたちと楽しく過ごすのはもっと嬉しいし、その時間を作るために、タワーに泊まる日があってもいいなって僕は思ってる。佗ちゃんはどう？」

「じゃあ、ふたりの家が九、タワーは一、くらい？」

「そうだね。あと、『仕事きつくて疲れたーっ、食べて寝る！』って日はタワーに泊まるとか」

「真幌『今日はタワー！』って、めっちゃ言いそう」

「あっ、ひどいぞ、たぶん言う！」

「真幌と一緒ならどこでもいい」

佗助と真幌は微笑み合い、また歩き始める。

今はもう、ふたりのあいだには言いづらいことも訊きにくいこともない。真幌はごく自然に訊ねた。

「お父さんとお母さんのこと、訊いていい？」

「ん」

「センチネルに覚醒した佗ちゃんが来た夜の、次の日……僕、我慢できなくなって、お母さんに会いに行ったんだ。そしたら引っ越したあとだった。お父さんとお母さんが急にいなくなったのもPCBが関わってる？」

「うん。美馬が、特別措置だと言ってた。おれが普通の人間じゃないことに親が気づいてたから。今はスイスのバーゼルってところに住んでる。一度だけなら会っていいって美馬に言われたけど、会ってない。この先、会うつもりもない」

「そうか……そうだったのか。……でも、会って話をしなくても、元気で穏やかに暮らしてることを教えてもらえたら、安心できるし嬉しいね」

「真幌はいつもおれの頭の中を読む」

佗助は嬉しそうに手をぎゅっと握ってくる。

そして、ゆっくりまばたきをして言った。

「――おれは、真幌がおれだけのものになれば、それでよかった」

約束した通り、佗助が静かに語りだす。真幌は耳を傾ける。

「ＰＣＢ東京は都合のいい存在で、利用してるだけだった。まわりのことは心底どうでもよかった。真幌と契約したら、連れてＰＣＢを出て行くつもりだった。でも、ガイドに覚醒した真幌がタワーの中にいるのが不思議で、……嬉しくて」

佗助は立ち止まる。

端整な顔に優しい笑みが浮かんで、真幌の胸はとくとくと高鳴りだす。

「ウサさんも可愛くてしかたない。タワーを出て行ったら、真幌とウサさんを悲しませるだけになるって気づいた。一緒に仕事して、うまい飯を食って、趣味を楽しんだりサポートスタッフたちとしゃべったり、そうやって真幌に笑っててほしいから。おれは真幌を守るために、これから先もずっとＰＣＢの仕事をつづけていく」

「ありがとう、佗ちゃん。嬉しい……本当にありがとう」

喜びの涙を瞳いっぱいに溜め、真幌は手を握り返した。

兎が銀の獣毛をするするとおりて、山狗と鼻先を触れ合わせる。

「余計なことは考えずに、美馬に指示された仕事を確実に遂行する……おれ、機械みたいだったと思う。昨夜の仕事はそうじゃなかった。同じチームに真幌がいたから、見えるものがいつもと違って、気になるものができて。引っかかってるのは、紫色の火花が」

「……えっ。紫色の火花、侘ちゃんも見た？」

「真幌も？」

驚きの表情で見つめ合う。侘助は金の瞳を大きく開き、真幌はまばたきを繰り返す。

昨夜、煙が漂うパーティー会場で、鮮やかな紫色の火花が弾けるのを見た。

センチネル同士が争うときにだけ発生する、独特の色の火花。それを見たのは真幌だけで、激しい混乱による幻視と思ったが、侘助が見ているならまちがいなく本物だ。

「あの火花、どうして発生したんだろう。センチネルはみんな協力してたのに」

「わからない。さっき美馬から話があると思ったけど……なんでだろう、なかった」

「……紫色の火花もだけど、――僕、空砲みたいなものを聞いたんだ。フラッシュも光ってた。そのせいで白慈くんと一色さんがゾーン落ちしてしまって。センチネルを……狙ってるように見えたんだ……。侘ちゃんも攻撃されてないか心配になるくらい、不自然な音と光だった」

確証のない、いいかげんな話だと思いながらも、侘助だけに打ち明けると、眼鏡の奥でゆっくりまばたきをして真剣に考えてくれた。

「現場では、大きな音とか光とか臭いが発生するのを想定して動いてるから、実際に爆発音や煙の臭いがしてもだいたいは耐えられる。昨日の騒ぎや煙もゾーン落ちするようなものじゃなかった。でも、たとえば特殊な音や光で狙い撃ちされたら五感が暴走するしゾーン落ちする」

「じゃあ……あれ、やっぱりわざとだったのかな……。本当にわざとだったのか、誰がなんのためにしたのか、もう確認する方法がないけど……」

「可能性はゼロじゃないと思う。今までのおれなら、気にならなくてすぐ忘れてた。けど……でも」

「すごく気になるよね。ＰＣＢも異能者も……わからないことのほうがずっと多い」

「おれ、七年近くもいたのに、本当になにも知ろうとしてこなかった。これからは仕事しながら知っていく。真幌が気になってる保全印についても必ず調べる」

「佗ちゃんっ、僕も一緒だよ。全部、一緒に知っていこう」

笑顔になって、大きな手を両手でぎゅっと握り、インペリアルトパーズのような美しい金の瞳を見上げる。

佗助が長躯を屈めて、左手の薬指に口づける。

薬指から離れた唇が、真幌の唇に重なった。チュッと小さな音を立てて吸い、柔く強く食んでくる。

「ん、……」

「まほろ……」

角度を変えてふたたび触れてきた唇を、今度は真幌が優しく咥えた。

キスを終えて甘い吐息をついたふたりは、同時にハッとなった。

「タワーが呼んでる。緊急事案だ。おれと真幌がバディを組む、初めての仕事」

「どうしようっ、緊張する！」

「大丈夫、おれが守るから。真幌はおれのそばにいて。手をつないでて」

「うん、絶対に離さないからね！」

強く結ばれたセンチネルとガイドは、手をつないで駆けだす。

兎を背に乗せた山狗が、慣れた動きで屋根を蹴り、ビルの天辺へ飛び上がった。

「おれたちも。ちょっと急ぐ」

「わっ……」

横抱きにされた真幌は、逞しい肩にしっかりと腕をまわす。

佗助はタワーを目指し、ビルからビルへ軽やかに跳躍していった。

あとがき

はじめまして。鴇《とき》 六連《むつら》です。（とても緊張しています。）

このたびは『東京センチネルバース －摩天楼の山狗－』をお手に取っていただき、ありがとうございます。


ほんの少し自己紹介を……二〇一三年にデビューし、ダリア文庫さまより刊行していただいた今作が二十一冊目のＢＬ小説となりました。

ＢＬと出会ったのは二〇〇八年です。翌年に、初めてＢＬ小説を書くことに挑戦したのですが、力がなく、作品として形になりませんでした。その最初に考えた話の攻は、斑目佗助という名前で、【寡黙・狗神に変身できる・受ちゃんだけが好き・目が見えすぎるので視力を落とす眼鏡をかけている】というキャラ設定でした。

一度は消えてしまった佗助が、十年以上の歳月を経て、憧れのレーベル・ダリア文庫さまで蘇り躍動する――そのような素晴らしいことが起きるとは夢にも思っていなくて、僥倖《ぎょうこう》に心が震えるほど感動しています。

採用を決め、佗助を蘇らせてくださった担当さまに深く感謝申し上げます。佗助、本当によかったね……白慈に「早漏で絶倫」って言われちゃったけれど、それは攻の様式美であると、著者は強く訴えたいのであります。（キリッ）

佗助と真幌が主人公の今作は、羽純《はすみ》ハナ先生の美しいイラストをもとに考えました。〝お洒落で格好よくて、獣身化もできる男子たち〟をテーマに、数年前から気になっていたセンチネルバース設定と、さらにモフモフまで取り込みました。

キャララフやカバーイラストをいただくたびに「うっ、格好よすぎて苦しいっ」と、読者の皆さまに激しい萌えをお伝えするのを我慢してきましたので、今こうして皆さまと感動を分かち合えて、とても嬉しいです！

羽純先生、ご多忙の中、魅力あふれるイラストでキャラクターたちに命を吹き込んでくださり、本当にありがとうございます！

佗助は間もなく真幌の尻に敷かれます。（みずから敷かれにいくはず……。）

真幌と結ばれたことによって闇から抜け出した佗助は、ラッシュたちと少しずつ打ち解けたり、藤太郎を巡って天原と血みどろの戦いを繰り広げたりします。紫色の火花をまたバチバチと弾けさせて、美馬局長や一色さんに怒られそうですね。

佗助と真幌をはじめ、ＰＣＢ東京には個性豊かな異能者たちが集まっています。

白慈、一色さん、天原、ラッシュ、柴田、氏家、橘さん、藤太郎、笹山さん、紅丸、そして美馬局長、那雲先生……。センチネルやガイドそれぞれにドラマがあるのだろうなぁと妄想しています。

那雲先生といえば、真幌に「誰も『那雲センセ』って呼んでないじゃないか」と独り言で突っ込ませたかったのですが、本編に入れることができなかったのでこちらに残しておきますね。

ここまで読んでくださり、ありがとうございます！　東京センチネルバースを楽しんでいただけますように。そして、ふたたびお目にかかれることを心から願っています。

鴇　六連

東京センチネルバース
最高です!!
バディ、マーキング、伴獣…
どれもツボすぎる!

Hasumi Okama

-ダリアシリーズ 既刊案内-

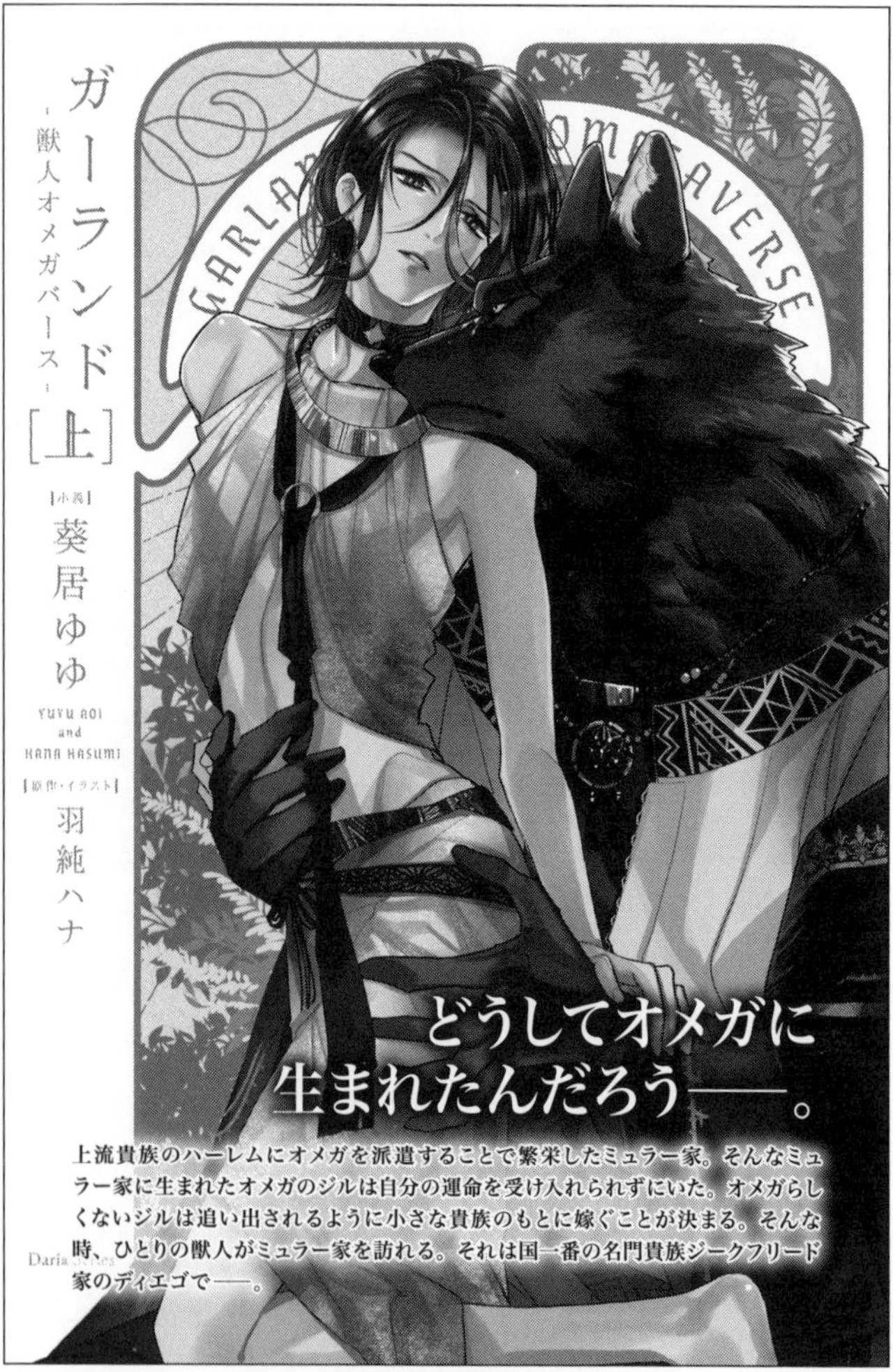
ガーランド
-獣人オメガバース-
[上]
【小説】
葵居ゆゆ
YUYU AOI
and
HANA HASUMI
【原作・イラスト】
羽純ハナ
GARLAND
OMEGAVERSE
どうしてオメガに
生まれたんだろう——。
上流貴族のハーレムにオメガを派遣することで繁栄したミュラー家。そんなミュラー家に生まれたオメガのジルは自分の運命を受け入れられずにいた。オメガらしくないジルは追い出されるように小さな貴族のもとに嫁ぐことが決まる。そんな時、ひとりの獣人がミュラー家を訪れる。それは国一番の名門貴族ジークフリード家のディエゴで——。

大好評発売中!!

初出一覧

ダリア文庫をお買い上げいただきましてありがとうございます。
この本を読んでのご意見・ご感想・ファンレターをお待ちしております。

〒170-0013 東京都豊島区東池袋3-22-17　東池袋セントラルプレイス5F
(株)フロンティアワークス　ダリア編集部
感想係、または「鴇 六連先生」「羽純ハナ先生」係

この本のアンケートはコチラ！

http://www.fwinc.jp/daria/enq/
※アクセスの際にはパケット通信料が発生致します。

東京センチネルバース -摩天楼の山狗-

2022年3月20日　第一刷発行

著者
鴇 六連
©MUTSURA TOKI 2022

発行者
辻 政英

発行所
株式会社フロンティアワークス
〒170-0013 東京都豊島区東池袋3-22-17
東池袋セントラルプレイス5F
営業 TEL 03-5957-1030
http://www.fwinc.jp/daria/

印刷所
中央精版印刷株式会社